OETINGER TASCHENBUCH

Karen-Susan Fessel, 1964 in Lübeck geboren, studierte Theaterwissenschaften, Germanistik und Romanistik und lebt als freie Journalistin und Schriftstellerin in Berlin. Sie hat zahlreiche Romane und Erzählbände für Kinder, Jugendliche und Erwachsene geschrieben. *Ein Stern namens Mama* war 1999 ihr Debütroman und wurde ein großer Erfolg. Ihr Titel *Und wenn schon!* stand u. a. auf der Liste der BESTEN 7 (Deutschlandradio/Focus) und war 2003 für den Deutschen Jugendliteraturpreis nominiert.

Karen-Susan Fessel

Ein Stern namens Mama

Oetinger Taschenbuch

Zu diesem Buch gibt es Unterrichtsmaterial auf

www.vgo-schule.de

MIX
Papier aus verantwortungsvollen Quellen
FSC® C014496
FSC www.fsc.org

Das für dieses Buch verwendete FSC®-zertifizierte
Papier Danube liefert Salzer Papier, St. Pölten, Austria.
Der FSC® ist eine nicht staatliche, gemeinnützige Organisation,
die sich für eine ökologische und sozialverantwortliche
Nutzung unserer Wälder einsetzt.

1. Auflage 2016

Juni 2016

Erstmals erschienen im
Verlag Friedrich Oetinger GmbH, Hamburg, 1999
Text: © Karen-Susan Fessel
Titelbild: Zero, München, unter Verwendung eines Fotos von
© Trevillion Images / Clayton Bastiani
Druck: GGP Media GmbH, Pößneck
ISBN 978-3-8415-0440-1

www.oetinger-taschenbuch.de

Für Papa

Inhalt

Der Knoten 9

Kraft für Mama 40

Mama stirbt nicht und basta! 75

Bessere Zeiten 110

Abschied von Mama 135

Nützliche Anlaufstellen und Adressen 160

Der Knoten

Heute Morgen bin ich aufgewacht und habe als Erstes auf den Kalender geguckt, der neben meinem Bett hängt. Noch acht Tage, dann habe ich Geburtstag. Ich werde elf.

Janni sagt, dass der elfte Geburtstag ein ganz besonderer ist. Das sagt er aber jedes Mal, wenn ich Geburtstag habe. Letztes Jahr zum Beispiel. Wir haben alle um den Tisch rum gesessen und Abendbrot gegessen, Mama, Papa, Ruben, Janni und ich. Und plötzlich hat Janni gesagt: »Alle Achtung, Louise wird zehn! Das ist ungeheuer bedeutsam!« Dazu hat er ein ganz wichtiges Gesicht gemacht und die Stirn gerunzelt, und ich musste lachen, weil er so komisch ausgesehen hat. Da hat Janni streng geguckt und gesagt: »Lach nicht, Louise, der zehnte Geburtstag ist ein ganz besonderer!« Und als ich gefragt habe, warum, hat er geantwortet: »Na, weil man nur einmal zehn Jahre alt wird! Das stelle man sich mal vor: Ein einziges Mal im ganzen Leben wird man zehn Jahre alt! Wenn das mal kein ganz besonderer Geburtstag ist!«

Papa hat sich an die Stirn getippt und gegrinst, und Mama musste auch lachen, genau wie ich. Nur mein kleiner Bruder Ruben hat ein bisschen dumm geguckt. Aber das ist kein Wunder, denn Ruben war da erst fünf,

und manche Witze hat er damals eben noch nicht so richtig verstanden.
Aber ich glaube, diesmal hat Janni wirklich recht, wenn er sagt, dass mein elfter Geburtstag ein ganz besonderer ist. Es ist nämlich mein erster Geburtstag ohne Mama. Mama ist vor drei Monaten gestorben, und deshalb ist sie jetzt nicht mehr hier, bei uns, sondern ein Stern am Himmel. Mama ist jetzt ein Stern.
Natürlich weiß ich, dass Sterne eigentlich kleine Himmelskörper sind, die von der Sonne angestrahlt werden oder so. Aber schließlich hat Mama selber gesagt, dass sie ein Stern wird. Und außerdem ist das Weltall ja noch gar nicht so ganz erforscht. Kann also doch immerhin sein, dass die Menschen tatsächlich zu Sternen werden, wenn sie gestorben sind, so wie Mama behauptet hat. Papa glaubt es ja irgendwie auch. Dass Mama ein Stern ist. Ab und zu, abends, wenn es dunkel ist, geht er mit Ruben und mir raus in den Garten, und dann stehen wir da und gucken hoch in den Himmel.
»Seht ihr die Sterne da oben?«, hat Papa uns gefragt, als wir das zum ersten Mal gemacht haben. »Einer davon ist Mama. Mama ist jetzt ein Stern und leuchtet zu uns herunter.«
»Und welcher?«, wollte Ruben wissen.
Papa hat den Kopf geschüttelt. »Ich weiß nicht genau. Es sind einfach zu viele. Aber einer davon ist Mama, das weiß ich genau.«
»Und wie weit weg sind die Sterne?«, habe ich gefragt.
Da hat Papa eine ganze Weile geschwiegen, und dann hat er den Arm um mich gelegt und mich fest an sich gedrückt.
»Unendlich weit weg, weiter, als wir jemals gehen kön-

nen«, hat er geantwortet. »Wir können zwar nicht zu den Sternen hin, aber sie können uns sehen.«
»Und kommt Mama wirklich nie wieder?«, hat Ruben gefragt. Das fragt er immer noch manchmal, wenn wir von Mama reden, und dann werde ich jedes Mal ganz traurig.
»Nein«, hat Papa gesagt. »Mama kommt zwar nicht wieder zurück, aber sie bleibt für immer da oben. Und deshalb ist sie auch nicht ganz fort, versteht ihr? Mama ist für immer da oben und leuchtet zu uns herunter. Und eines Tages, wenn wir sterben, dann werden wir selber zu Sternen und leuchten den anderen Menschen.«
»Aber ist Mama nicht einsam da oben?«, hat Ruben gefragt und Papa hat den Kopf geschüttelt.
»Nein, Ruben«, hat er geantwortet. »Guck doch, da sind ganz viele Sterne um sie herum. Die haben es so gemütlich da oben wie ihr beide in euren kuschligen Betten. Und jetzt wird es höchste Zeit, dass ihr euch da hineinlegt.«
Eigentlich darf ich länger aufbleiben als Ruben, aber an jenem Abend bin ich gerne so früh ins Bett gegangen. Ich habe mich tief in die Kissen gekuschelt und aus dem Fenster geguckt, und so, wie ich da gelegen habe, konnte ich sogar ein paar Sterne sehen, ganz weit oben am Himmel. Und ich glaube fast, einer davon ist Mama gewesen.

Janni hat versprochen, mir nächste Woche wieder einen richtig tollen Geburtstagskuchen zu backen mit Kerzen und Marzipanherzen und allem Drum und Dran. Genau wie letztes Jahr. Janni kann echt tolle Kuchen backen, er ist der beste Kuchenbäcker in der ganzen Stadt. Janni behauptet, dass er sogar der beste Kuchenbäcker auf der ganzen Welt ist, aber ob das stimmt, weiß ich nicht. Schließlich war ich noch nicht auf der ganzen Welt, wie soll ich so was dann wissen?

Aber eins weiß ich: Janni ist der liebste Onkel auf der ganzen Welt. Dabei ist er eigentlich gar nicht mein richtiger Onkel, so wie Onkel Lutz, der Bruder von Papa. Aber das macht nichts. Janni ist trotzdem mein Onkel. Mein Lieblingsonkel sogar.

Janni ist der beste Freund von Mama. Das war er schon, als die beiden noch klein waren, und Janni sagt, das bleibt auch so, egal, ob Mama nun ein Stern am Himmel ist oder sonst was. Janni meint, genauso, wie Mama meine Mama bleibt, für immer und ewig, genauso bleibt sie auch für immer und ewig seine beste Freundin. »Das war so und das bleibt so, basta, punktum und aus!«, sagt Janni, und es gefällt mir, wenn er das sagt.

Mama hat immer aufgepasst, dass Janni sich die Haare rechtzeitig hat schneiden lassen. Janni hat normalerweise ganz ratzeputzekurze Haare, ungefähr so lang, wie ein Streichholz breit ist. Und immer, wenn sie ein bisschen länger geworden waren, hat Mama früher zu Janni gesagt: »Mensch, Janni, du musst dir mal dringend wieder die Haare schneiden lassen!« Dann hatte Janni beim nächsten Besuch wieder ratzeputzekurze Haare.

Na ja, weil Mama ja nicht mehr da ist, pass ich jetzt jedenfalls darauf auf, dass Janni sich rechtzeitig die Haare schneiden lässt. Ab und zu messe ich seine Haare mit einem Streichholz nach, und wenn sie länger sind, als der Streichholzkopf breit ist, dann sage ich zu Janni: »Mensch, Janni, du musst dir mal dringend die Haare schneiden lassen!« Und schwupp! – beim nächsten Mal hat er wieder ganz kurze Haare.

»Ach, wenn ich dich nicht hätte, dann sähe ich jetzt schon aus wie ein Pudel«, sagt Janni manchmal, und dabei zieht er eine solche Schnute, dass ich jedes Mal lachen muss. Janni schneidet oft komische Grimassen, und man weiß dann gar nicht, ob er ernst meint, was er gerade sagt. Aber ein bisschen ernst meint er es meistens doch.
Ich glaube, das mag ich besonders gerne an Janni: dass er oft so fröhlich ist. Mit Janni kann ich immer viel lachen, anders als mit den anderen Erwachsenen. Die sind immer so ernst, vor allem jetzt, seit Mama gestorben ist. Aber auch schon vorher.
Angefangen hat das, als Mama krank geworden ist. Da haben fast alle Erwachsenen meistens nur noch ernst geguckt und geseufzt und so komisch leise geredet. Die Nachbarn und die Ärzte und die Krankenschwestern im Krankenhaus. Sogar meine Lehrerin, Frau Schlömer. »Wie geht es dir denn, Louise?«, haben sie mich gefragt und dabei so furchtbar ernst geguckt. Manchmal habe ich gedacht, dass sie mich lieber gefragt hätten, wie es meiner Mutter geht, aber dass sie sich das nicht so richtig trauten. Jedenfalls haben alle immer nur noch ernst geguckt, und ich habe mich schon ganz schlecht gefühlt, wenn ich mal im Garten laut gelacht habe und die Nachbarin über den Zaun zu mir rübergesehen hat.
Aber Mama selber war oft fröhlich. Auch als sie schon so schlimm krank war und im Krankenhaus lag. »Das Leben ist schön, Louise«, hat Mama gesagt, bei einem der letzten Male, wo ich sie besucht habe. »Auch wenn alles ganz traurig und düster aussieht und man weinen muss und Schmerzen hat: Es gibt so viel schöne und lustige Sachen im Leben. Vergiss das nie.« Dann hat sie mich angelächelt und mir in die Seite gepufft, so wie früher, und

ich musste ein bisschen lachen, obwohl ich schrecklich traurig war, weil ich da schon gewusst habe, dass Mama bald stirbt. Oma war auch dabei und hat mich ganz komisch angeguckt, so, als ob sie das nicht gut fände, dass ich jetzt lache. Aber ich glaube, Mama fand das in Ordnung. Sie hat auch ein bisschen gelacht, und manchmal, wenn ich wieder einmal besonders traurig bin, denke ich daran, wie Mama da ausgesehen hat: müde und krank und trotzdem irgendwie fröhlich.
Mama ist an Krebs gestorben. Es gibt viele unterschiedliche Sorten von Krebs, und viele Leute sterben auch daran, aber das habe ich damals, als es angefangen hat, noch nicht gewusst. Aber damals habe ich eben viele Sachen noch nicht gewusst. Ich habe noch nicht mal so richtig mitbekommen, wie es eigentlich angefangen hat mit dem Krebs.

Bis Mama den Krebs bekommen hat, war sie immer gesund. Eigentlich war Papa viel öfter krank als Mama. Papa hat oft Kopfweh gehabt oder Grippe, meistens hat er sich bei Ruben oder mir damit angesteckt. Manchmal haben wir alle drei krank im Bett gelegen. Dann hat Mama uns allen der Reihe nach Tee und Grießbrei gebracht und den Kopf geschüttelt. »Oh, lauter kranke Hühner! Eins kränker als das andere! Ein Wunder, dass ich noch auf den Beinen stehe!«
Aber sie selber ist nie krank geworden. Mama war immer gesund, und deshalb war es besonders merkwürdig, als sie dann auf einmal doch krank geworden ist. Da war ich noch neun und in der dritten Klasse.
Eines Tages, ein paar Wochen vor den Sommerferien, kam ich aus der Schule nach Hause und Mama war nicht

da. Stattdessen saß Janni in der Küche und wartete auf mich. Janni passte öfter mal auf Ruben und mich auf, wenn Mama was anderes zu tun hatte, deshalb habe ich mich nicht weiter gewundert. Ich fand es nur komisch, dass Mama mir vorher nichts davon gesagt hatte, das machte sie nämlich sonst immer.
»Wo ist denn Mama?«, habe ich Janni gefragt.
»Mama ist beim Arzt«, sagte er und stellte mir einen frisch gebackenen Pfannkuchen mit Apfelmus hin. Pfannkuchen mag ich schrecklich gerne.
»Ist Mama denn krank?«, fragte ich und tat mir noch ein bisschen Zucker auf den Pfannkuchen.
»Das weiß ich nicht, sie muss sich untersuchen lassen. Aber wir holen sie gleich ab, dann kannst du sie ja fragen.«
Ich habe zwei Pfannkuchen mit dick Apfelmus und Zucker gegessen und dann sind Janni und ich losgefahren. Erst haben wir Ruben von der Kindertagesstätte abgeholt und dann sind wir zum Doktor gefahren, und da saß Mama schon im Wartezimmer und sah ein bisschen bedrückt aus.
»Bist du krank, Mama?«, fragte ich sie, aber Mama schüttelte den Kopf und küsste mich laut schmatzend auf beide Backen und Ruben auch. »Ich musste mich nur untersuchen lassen, das müssen alle erwachsenen Frauen ab und zu«, sagte Mama, aber ich habe gesehen, wie sie Janni einen merkwürdigen Blick zuwarf. Und ich glaube, damals hat es angefangen mit dem Krebs.
Später, kurz bevor Mama zum ersten Mal ins Krankenhaus musste, hat sie mir erzählt, dass der Arzt damals einen Knoten in ihrer Brust gefunden hatte. Erst habe ich gar nicht gewusst, was für einen Knoten Mama meinte.

Ich dachte, sie meint einen Wollknoten oder so was, der irgendwie in ihre Brust reingekommen ist.
Aber dann hat Mama es mir erklärt: Ein Knoten in der Brust, das ist so ein kleiner Hautknubbel, der immer weiter wächst und einen krank macht. Und so einen Knoten hatte der Arzt eben damals in Mamas Brust gefunden. Er hat Mamas Brust in ein Röntgengerät reingelegt, wo die Brust ein bisschen zusammengedrückt und durchleuchtet wird, und auf dem Röntgenbild konnte man dann den Knoten sehen.
Auf der Fahrt nach Hause haben Mama und Janni vorne im Auto leise miteinander geredet, und als ich wissen wollte, worüber, haben sie beide erst mal geschwiegen. Dann hat Mama sich zu mir umgedreht und gesagt: »Ich habe Janni gerade erzählt, dass der Arzt gesagt hat, ich müsse mich morgen noch mal untersuchen lassen. Deshalb kommt Janni morgen wieder und passt auf euch auf.«
Weiter hat sie nichts gesagt, aber ich habe auch so schon gewusst, dass irgendetwas nicht stimmte. Mama und Janni haben nämlich den Rest der Fahrt über geschwiegen. Und das taten sie eigentlich nie.
An jenem Abend ist Papa ziemlich spät von der Arbeit nach Hause gekommen und ich habe ihn und Mama unten leise miteinander reden hören. Papa arbeitet bei der Post und kommt normalerweise nachmittags um vier nach Hause, aber damals ist er eine Weile lang ziemlich oft später gekommen. Mama und er hatten manchmal Streit deswegen, aber an jenem Abend nicht. Sie haben einfach leise miteinander geredet. Sie haben nicht gestritten, wie sonst manchmal, und das hat mich so beruhigt, dass ich ziemlich bald eingeschlafen bin.

Am nächsten Tag war dann Janni wieder da, als ich von der Schule gekommen bin, und kurz darauf ist auch Mama gekommen. Sie war schrecklich blass, und ich konnte sehen, dass sie geweint hatte. Da ist mir ganz komisch zumute geworden.

»Was ist denn los, bist du doch krank, Mama?«, habe ich gefragt, aber Mama wollte mir keine richtige Antwort geben.

»Mach doch erst mal deine Schularbeiten, Louise. Ich muss mich ein bisschen ausruhen«, hat sie gesagt, und dann hat sie sich mit Janni ins Wohnzimmer gesetzt und ich bin nach oben in mein Zimmer gegangen. Aber ich hatte keine Lust, meine Schularbeiten zu machen. Stattdessen habe ich dagesessen und überlegt, was wohl mit Mama los war und wer eigentlich Ruben aus dem Kindergarten abholen würde. Und nach einer Weile habe ich gehört, wie Mama die Treppe raufgekommen ist.

»Louise?«, hat sie gerufen, und ich bin in den Flur gegangen, und da hat Mama gestanden und ihre Arme weit aufgemacht und ich habe mich an sie gedrückt.

»Janni ist eben losgefahren und holt Ruben ab«, hat Mama gesagt. »Und hör mal, Louise, ich muss in nächster Zeit öfter zum Arzt und mich untersuchen lassen. Das ist ganz normal bei erwachsenen Frauen. Wenn ich nicht da bin, kommt Janni, oder ich sag Nadja Bescheid. Nur, dass du's weißt.«

»Ist gut«, habe ich gesagt und mich noch enger an sie gedrückt. Ich mochte immer gerne, wie Mama gerochen hat und wie sie sich angefühlt hat, so ganz weich und warm.

Und in den nächsten Wochen ist dann weiter nichts Besonderes mehr passiert, außer dass Mama eben ab und zu

zum Doktor musste und dass statt Mama dann Janni oder Nadja auf mich warteten, wenn ich nach Hause kam.
Das Einzige, was mir aufgefallen ist, war, dass Mama und Papa sich wieder viel besser verstanden haben als in der Zeit vorher. Sie haben sich so gut wie gar nicht mehr gestritten und Papa ist meistens wieder um vier von der Arbeit nach Hause gekommen.
Neulich habe ich Papa gefragt, warum er und Mama sich damals so oft gestritten hatten. Papa hat zuerst so getan, als wüsste er gar nicht, wovon ich rede.
»Was denn, was meinst du denn, Louise?«, hat er gefragt. Aber ich hab irgendwie gemerkt, dass er es ganz genau wusste.
»Na, damals, bevor Mama krank geworden ist. Da habt ihr euch oft gestritten. Das hab ich gehört, wenn ich im Bett lag. Einmal hast du sogar geschrien.«
»Ach, und was soll ich da geschrien haben?«, hat Papa gefragt und den Kopf geschüttelt. Aber zufällig wusste ich das noch sehr genau.
»So ein kleines Leben hab ich nicht gewollt! Das hast du geschrien. Und Mama hat geweint.«
Papa ist rot geworden, und dann hat er den Kopf gesenkt und auf seine Schuhe geguckt. Und dann hat er mich wieder angesehen.
»Stimmt«, sagte er. »Das hab ich tatsächlich gesagt. Da war ich unzufrieden. Mir war alles so langweilig geworden. Die Arbeit und … Ach, ich war so unzufrieden.«
»War Mama dir auch langweilig geworden? Und Ruben und ich auch?«
Papa hat mich ganz lange angeguckt und dann hat er gelächelt. »Nein«, sagte er. »Mama ist mir nie langweilig geworden. Und ihr erst recht nicht.«

Papa und Mama haben sich an der Uni kennengelernt, als sie beide zwanzig Jahre alt waren. Da waren sie gerade beide hier in die Stadt gezogen, um zu studieren. Mama hat auch zu Ende studiert, Sozialarbeit, aber Papa hat mit dem Studieren aufgehört und stattdessen angefangen, bei der Post zu arbeiten. Und da arbeitet er immer noch. Als Mama mit dem Studium fertig war, ist sie mit mir schwanger geworden, und kurz nachdem ich auf die Welt gekommen bin, haben sie geheiratet.
Die Geschichte haben Mama und Papa mir beide schon viele Male erzählt, vor allem dann, wenn wir zusammen alte Fotos angeguckt haben. Seit Mama tot ist, mag Papa keine Fotos von früher mehr angucken, aber vorher haben wir das oft gemacht. Es gibt viele Fotos von Mama und Papa, als sie jünger waren. Die Fotos liegen in fünf großen alten Keksdosen unten im Wohnzimmerschrank, und manchmal, wenn ich Sehnsucht nach Mama habe, hole ich sie raus und gucke sie mir an.
Früher hatten Mama und Papa beide ganz lange Haare. Papas Haare waren sogar ein bisschen länger als die von Mama. Er hatte wilde blonde Locken, die fast bis zum Po reichten. Heute sieht man fast gar nicht mehr, dass Papa eigentlich Locken hat, weil er sie jetzt immer kurz geschnitten trägt. Mama hat auf den Fotos schulterlange Haare, genauso glatt und dunkel wie meine. Mama und Papa sehen beide sehr jung und fröhlich aus, Papa schneidet meistens irgendwelche komischen Gesichter und Mama lacht viel. Und oft sind viele andere Leute mit auf den Fotos drauf, auch alle mit langen Haaren und bunten Klamotten, genauso wie Mama und Papa.
Ein Foto mag ich besonders gerne. Auf dem liegen Mama und Papa nebeneinander auf einer Wiese und lachen in

die Kamera, Papa hat eine dicke Zigarette in der Hand und die Beine übereinandergeschlagen, und Mama hat ihren Arm um seine Schultern gelegt. Ich würde meine Lieblingsturnschuhe darauf verwetten, dass diese dicke Zigarette, die Papa da in der Hand hält, ein Joint ist, aber Papa streitet es jedes Mal ab, wenn ich ihn frage.
Wenn ich dieses Foto ansehe, dann muss ich immer daran denken, wie Mama mir erzählt hat, dass ich zu jenem Zeitpunkt, als es aufgenommen wurde, schon in ihrem Bauch war. Ich stelle mir dann immer vor, dass Mama und Papa sich gerade darüber freuen, dass ich unterwegs bin, und deshalb so lachen. Aber vielleicht lachen sie über was ganz anderes. Trotzdem, ich finde die Vorstellung einfach schön.
Janni ist übrigens auch auf einigen Fotos mit drauf, auch mit langen Haaren. Es gibt sogar ein Bild, auf dem er zu sehen ist, wie er gerade mit einem anderen Mann knutscht. Janni ist nämlich schwul. Beim ersten Mal, als ich das Foto gesehen habe, dachte ich, dass der andere Mann eine Frau ist – wegen seiner langen Haare natürlich.
»He, Janni, da knutschst du ja mit einer Frau!«, habe ich gesagt.
Janni grinste. »Irrtum, Louise. Guck mal genau hin!«
Na ja, da habe ich es dann auch gesehen, dass Janni auf dem Foto keine Frau, sondern einen Mann küsste. War mir fast ein bisschen peinlich, dass ich nur auf die Haare geachtet hatte und nicht aufs Gesicht.
»Ich habe noch nie im Leben mit einer Frau geknutscht«, hat Janni gesagt. »Noch nicht mal mit deiner Mama!«
»Na, das wäre ja auch noch schöner!«, hat Papa gebrummt. Da hat Janni seinen Arm um Mama gelegt und Papa zugezwinkert. »Keine Bange, mein Freund«, hat er

gesagt. »Selbst wenn ich gewollt hätte – keine Chance! Diese wunderbare Frau hier hat schließlich nur Augen für dich gehabt!«

Papa hat zwar immer noch ein bisschen mürrisch, aber trotzdem erfreut ausgesehen, erst recht, als Mama ihm dann ebenfalls zugezwinkert hat.

Janni ist allerdings nur auf ganz wenigen Fotos mit drauf, weil er nämlich die meisten gemacht hat. Janni ist Fotograf, aber damals war das noch gar nicht sein richtiger Beruf, sondern sein Hobby. Seit letztem Jahr hat er sogar sein eigenes Atelier, und jetzt macht er fast nur noch Auftragsfotos und fast gar keine mehr für sich selbst. Ich hab ihn mal gefragt, warum, und da hat er gesagt, dass er einfach schon zu viele Fotos gemacht hat. Und dass er deshalb nur noch das Nötigste fotografiert.

Ich finde das schade. Aber Janni meint, ich könnte ja selber fotografieren. Und als ich gesagt hab, dass das nicht geht, weil ich schließlich keinen Fotoapparat habe, da hat er mich nachdenklich angeguckt. »Wann hast du eigentlich noch mal Geburtstag, Louise?«, hat er gefragt, so, als ob er das nicht ganz genau wüsste! Und dann hat er bis über beide Ohren gegrinst. Wer weiß, vielleicht schenkt er mir ja einen Fotoapparat zum Geburtstag!

Aber Janni braucht mir eigentlich gar nichts zu schenken, fällt mir gerade ein. Denn ich habe ja immer noch seinen Gutschein vom letzten Geburtstag.

Jedenfalls seh ich mir gerne die alten Fotos von Mama und Papa an, obwohl ich dabei meistens ganz traurig werde. Manchmal muss ich sogar ein bisschen weinen. Aber irgendwie ist es auch schön: Ich kann Mama angucken und daran denken, wie es war, als wir alle zusammen die Fotos angeguckt haben.

»Was wir da noch für Träume hatten!«, hat Papa dann manchmal gesagt, und er hat dabei immer ganz verträumt ausgesehen, aber irgendwie auch ein bisschen wütend. »So viele wilde Ideen, so viele verrückte Pläne! Und was ist draus geworden?«
Mama hat dann meistens lachen müssen. »Nur zu, kauf dir ein Motorrad und reise um die Welt!«, hat sie einmal gesagt. »Wir bleiben so lange hier, Louise, Ruben und ich.«
Da ist Papa ganz kleinlaut geworden. »Ach nee«, hat er gesagt. »Das will ich nun auch nicht gerade. Ihr bleibt gemütlich hier, und ich soll um die Welt reisen, ganz allein? Und in der Wüste Durst kriegen und von Kamelen runterfallen?«
»Genau, und am Nordpol frieren!«, hat Mama gesagt.
»Und in Afrika fällt dir eine Kokosnuss auf den Kopf!«, hab ich gerufen.
»Und auf dem Meer geht dein Schiff kaputt und du musst auf einer Insel wohnen, bis einer dich findet! Und dann kommen Piraten!«, hat Ruben gekreischt, und da hat Papa sich geschüttelt.
»Bloß nicht, nein danke! Ohne mich!« Und dabei hat er so ein schiefes Gesicht gezogen, dass wir alle lachen mussten.
Aber manchmal glaube ich, Papa hätte das alles doch gerne getan. Und ich glaube, deswegen haben er und Mama sich damals, als Mama krank geworden ist, so oft gestritten. Aber dann ist Mama immer kränker geworden und mit den Streitereien war irgendwann Schluss. Ich habe nicht mehr gehört, dass Mama und Papa sich angeschrien haben, wenn ich im Bett lag. Stattdessen habe ich gehört, wie sie leise miteinander redeten. Abend für

Abend. Und ein- oder zweimal hörte ich Mama weinen. Ganz leise nur, aber ich hab es trotzdem gehört.
Damals habe ich mir richtig gewünscht, dass Mama und Papa sich lieber streiten, wie vorher. Ich glaube, das hätte ich besser gefunden. Aber so war's eben nicht.

Mama musste immer öfter zum Arzt, um sich untersuchen zu lassen, und langsam kapierte ich, dass das nicht nur Routineuntersuchungen sein konnten, wie sie mir gesagt hatte. Ich meine, sogar ich weiß, dass kein Mensch ohne wichtigen Grund so oft zu Untersuchungen muss. Nach einer Weile habe ich mir schon gedacht, dass irgendwas nicht stimmte mit Mama. Aber zuerst wollte sie mir nicht sagen, was los war.
»Warum musst du eigentlich ständig zum Doktor, Mama? Was wird denn da eigentlich genau untersucht?«, fragte ich eines Tages.
Mama zögerte eine ganze Weile, bevor sie mir antwortete. »Das sind Krebsvorsorgeuntersuchungen. Und die müssen manchmal ganz gründlich gemacht werden, damit man auch nichts übersieht.«
Das war das erste Mal, dass sie dieses schreckliche Wort in den Mund nahm – Krebs. Natürlich hatte ich schon davon gehört. Ich wusste, dass man vom Rauchen Lungenkrebs kriegen konnte. Und die Oma von Becky, meiner besten Freundin, war an Krebs gestorben. Aber das war vor langer, langer Zeit gewesen, lange bevor Becky überhaupt auf der Welt war. Ich hatte immer gedacht, dass nur alte Leute oder starke Raucher Krebs kriegen können. Aber als Mama das mit der Krebsvorsorgeuntersuchung sagte, wurde mir ganz mulmig zumute.
»Aber du rauchst doch gar nicht!«

Mama kniff die Lippen zusammen. »Nee, ich rauche nicht, aber das hat damit wenig zu tun. Man kann auch Krebs kriegen, wenn man nicht raucht. Jeder kann Krebs kriegen.«
»Auch Kinder?«
»Ja«, sagte Mama einfach, und das musste ich erst mal verdauen. Vielleicht war ich ja damals ziemlich beschränkt, aber das war ein ganz neuer Gedanke für mich. Ich muss ziemlich dumm aus der Wäsche geguckt haben, denn Mama fügte schnell hinzu: »Dieser Junge da im Kindergarten, Jens – der ist doch damals an Leukämie gestorben, erinnerst du dich?«
»Schwach«, sagte ich. Ich meine, das war ja echt viele Jahre her. Damals war ich schließlich noch klein gewesen, ungefähr so alt, wie Ruben jetzt war. Ich wusste nur noch, dass Jens rote Haare gehabt und immer geweint hatte, wenn man ihm was wegnahm. Dann kam er eines Tages nicht mehr in den Kindergarten, und irgendwann erzählten die Kindergärtnerinnen, dass er an Leukämie gestorben war. Ich habe damals überhaupt nicht begriffen, was das für eine Krankheit war. Ich konnte mir noch nicht mal richtig vorstellen, was das hieß, dass Jens jetzt tot war. Und ich habe ihn auch bald vergessen. Er fiel mir erst jetzt wieder ein, wo Mama von ihm sprach.
»Ja, aber Jens hatte Leukämie und nicht Krebs«, sagte ich.
»Es gibt ganz viele verschiedene Formen von Krebs. Leukämie ist eine davon«, erklärte Mama. »Blutkrebs nennt man das auch.«
Das hat mich so verwirrt, dass ich ganz vergessen habe, Mama weiter nach ihren Untersuchungen zu fragen. An dem Abend habe ich in meinem Kinderlexikon unter Krebs nachgeguckt. Aber da stand nur was über die

Krebstiere. Kein Wort über Krankheit. Vorm Einschlafen nahm ich mir vor, Mama am nächsten Tag danach zu fragen, aber ich hab's dann vergessen. Wir haben erst ein paar Wochen danach wieder darüber geredet.

Kurz danach fingen die Sommerferien an. Eigentlich hatten wir nach Spanien fahren wollen. Das war schon seit Langem geplant gewesen und Ruben und ich hatten uns schon sehr darauf gefreut. Aber gleich am ersten Ferientag erklärte mir Mama, dass es damit leider nichts werden würde.
Wir hatten gerade Mittag gegessen, und Ruben war schon wieder im Wohnzimmer verschwunden, um mit seinen Autos zu spielen. Ich stand mit Mama an der Spüle und trocknete das Geschirr ab, und da sagte sie auf einmal: »Du, Louise, wir können leider doch nicht nach Spanien fahren.«
Mir fiel fast das Geschirrtuch runter. »Wieso denn nicht? Ich dachte, das war schon alles ganz fest geplant! Wir wollten doch dieses Haus da mieten, das wir in diesem Prospekt schon ausgesucht hatten!«
»Ja, das stimmt ja auch«, sagte Mama und reichte mir einen Teller. »Aber wir können jetzt eben doch nicht fahren. Das heißt, du und Ruben könntet mit Papa alleine fahren. Aber ich kann nicht mit.«
»Wieso das denn nicht?«
Mama runzelte die Stirn. Dann legte sie die Spülbürste hin, nahm mir den Teller aus der Hand, obwohl er noch gar nicht trocken war, und zog mich zum Tisch. »Setz dich mal hin, Louise. Wir müssen jetzt mal richtig miteinander reden.«
Ich hatte ein ganz mieses Gefühl im Bauch, als ich mich

hinsetzte. Mama hockte sich mir gegenüber und sah mich an. »Pass auf, Louise. Ich muss nächste Woche ins Krankenhaus. Für zwei Wochen. Erst haben Papa und ich überlegt, dass ihr eben wirklich ohne mich nach Spanien fahrt. Aber gestern haben wir beschlossen, dass wir alle zu Hause bleiben.«

»Aber wieso musst du denn ins Krankenhaus? Was ist denn mit dir?« Meine Stimme klang ganz hoch, so aufgeregt war ich plötzlich. Mama streckte die Hand aus und strich mir über die Wange.

»Ich muss operiert werden. Ich habe einen Knoten in der Brust, und der muss rausgenommen werden. Und dann muss ich Medikamente kriegen, damit auch nichts mehr übrig bleibt.«

Ich hörte, wie Ruben im Wohnzimmer laute Brummgeräusche mit seinen Autos machte. Und dann musste ich schlucken, weil ich plötzlich einen Kloß im Hals hatte.

»Was für ein Knoten ist das denn?«, fragte ich heiser.

»Eine Art Geschwür«, erklärte Mama. »Ein Tumor.«

Als sie »Tumor« sagte, ging mir plötzlich ein Licht auf. Aber es war nicht einfach ein Licht. Es war eher, als ob auf einmal ein Feuerwerk in meinem Kopf explodierte, so grell und bunt, dass mir die Augen wehtaten.

»Heißt das, dass du Krebs hast, Mama?«

Mama sah mich ganz lange an, und dann sah sie zum Fenster hinaus, in den Garten, wo die Blätter am Ahornbaum sich in einer leichten Brise wiegten. »Ja«, sagte sie endlich, ohne mich anzusehen. »Das heißt es wohl, Louise.«

Ich saß eine ganze Weile stocksteif da. Dann fragte ich: »Und heißt das, dass du sterben musst?«

Mama nahm meine Hand in ihre beiden und hielt sie ganz fest. »Nein«, sagte sie und sah mir in die Augen.

»Das muss es nicht heißen. An Krebs kann man sterben, das stimmt. Aber nicht jeder, der Krebs hat, muss daran sterben. Ich jedenfalls hab nicht vor, daran zu sterben. Ich werde alles tun, damit das nicht passiert.«
»Ich auch«, sagte ich leise, obwohl ich nicht die geringste Ahnung hatte, wie ich das anstellen sollte. Außer, ganz fest zu Mama zu halten. Und das habe ich dann ja auch gemacht.
Als Papa nach Hause kam, sah er gleich auf den ersten Blick, dass Mama mir erzählt hatte, was los war. Er legte mir den Arm um die Schultern und drückte mich an sich, aber wir redeten erst am Abend darüber, während Mama Ruben zu Bett brachte.
»Du musst keine Angst haben, Louise. Mama wird bestimmt wieder gesund«, sagte Papa. Er nahm die trockene Wäsche vom Wäscheständer und faltete sie zusammen, während ich die einzelnen Stücke auf verschiedene Stapel legte. Das machen Papa und ich schon, seit ich denken kann, aber an diesem Abend hatte ich im Gegensatz zu sonst keinen Spaß daran.
»Aber Mama sieht überhaupt nicht krank aus!«
»Tja, da hast du recht.« Papa reichte mir ein Handtuch, und ich legte es auf den Stapel Wäsche, der für das Badezimmer bestimmt war. »Das liegt daran, weil sie den Krebs so früh entdeckt haben. Jetzt kann man noch ganz viel dagegen machen.« Papa hatte mit ruhiger Stimme geredet, aber beim nächsten Satz nicht mehr. »So, da machen wir uns dann eben schöne Ferien zu Hause, nicht wahr?«, sagte er laut und fröhlich. »Ist nicht so schlimm, dass wir nicht nach Spanien fahren, oder? Ohne Mama hätte es sowieso keinen Spaß gemacht.«
Ich sah zu Papa auf, aber ich konnte sein Gesicht nicht

sehen, weil er mit dem Rücken zu mir stand. Von oben hörte ich Mama Ruben ein Schlaflied vorsingen, und plötzlich, während ich auf Papas breiten Rücken guckte, fühlte ich mich ganz klein und verloren.

»Papa?«, fragte ich leise, aber er hörte mich nicht.

»Wir werden ein paar schöne Ausflüge machen, und außerdem unternimmt Janni bestimmt auch gerne mal was mit dir«, sagte Papa, immer noch mit dieser lauten, fröhlichen Stimme.

»Klar«, sagte ich schließlich, »das wird bestimmt schön.«

Papa drehte sich zu mir um und lächelte mich an und ich lächelte zurück. Ich glaube, Papa hatte Tränen in den Augen, aber so richtig konnte ich das nicht erkennen. Weil ich nämlich selber Tränen in den Augen hatte. Ich glaube, an dem Abend waren wir alle drei traurig, Mama, Papa und ich. Nur Ruben nicht, aber der wusste ja auch nicht Bescheid. Und das sollte auch erst mal so bleiben.

Die nächsten Tage ging es mir überhaupt nicht gut. Wenn ich aufwachte, musste ich immer als Erstes daran denken, dass Mama Krebs hatte. Und jedes Mal habe ich mich immer wieder neu erschrocken. Aber das Komische war, dass mir das Ganze so unwirklich vorkam, so, als hätte ich alles nur geträumt. Wenn man Mama ansah, konnte man nämlich überhaupt nichts Ungewöhnliches an ihr entdecken. Sie sah aus wie immer, gesund und munter, höchstens vielleicht nicht ganz so fröhlich wie sonst. Und manchmal guckte sie mit einem seltsamen Blick aus dem Fenster, so, als würde sie durch alles hindurchsehen, durch die Bäume, das Nachbarhaus und noch weiter.

Aber das passierte nur ab und zu. Sonst war Mama wie immer. Sie spielte mit Ruben und mir Domino, mach-

te Essen, räumte auf, las, kramte in ihrem Schreibtisch, schrieb irgendwas, ging einkaufen, redete mit der Nachbarin und so weiter, ganz normal. Auch Papa war ganz normal, wenn er von der Arbeit kam. Die Einzige, die irgendwie anders war, das war ich.
Wir redeten nicht mehr über den Krebs. Aber ich musste trotzdem immer daran denken.
Am nächsten Tag ging ich Becky besuchen. Becky ist eine Klasse über mir, aber wir sind schon Freundinnen, seit wir als Babys zusammen in der Krabbelgruppe waren. Becky wohnt nur zwei Straßen weiter, und als ich hintenrum in den Garten kam, saß sie auf dem Rasen und versuchte gerade, ihre Armbanduhr zu reparieren. Becky machte große Augen, als sie mich sah.
»Ich dachte, ihr seid nach Spanien gefahren?«
»Spanien fällt aus. Mama muss ins Krankenhaus und deshalb bleiben wir hier.« Ich setzte mich neben sie und guckte ihre Armbanduhr an. Becky hatte sie ganz auseinander genommen. Überall lagen kleine Schräubchen verteilt, und die winzigen Zahnräder sahen verbogen aus.
»Was hat sie denn?«, fragte Becky.
Ich sah sie an, und auf einmal musste ich an ihre Oma denken und daran, dass sie an Krebs gestorben war. Plötzlich mochte ich Becky nicht erzählen, dass Mama Krebs hatte. Obwohl ich Becky sonst eigentlich alles erzähle. Na ja, fast alles. Ein paar Geheimnisse wird man ja wohl noch haben dürfen, nicht wahr?
»Ach, so eine Vorsorgeuntersuchung, das müssen alle erwachsenen Frauen mal machen«, sagte ich, genau, wie Mama mir zuerst erzählt hatte. Becky guckte ein bisschen erstaunt, aber als ich eines der Zahnräder hochnahm, war sie gleich wieder abgelenkt. »Nicht! Nicht

durcheinanderbringen! Ich glaub, ich krieg sie sowieso nicht mehr zusammen!«
Wir beugten uns beide über die Armbanduhr und versuchten, die Teile zusammenzusetzen. Als ich später nach Hause ging, war die Uhr zwar wieder ganz, aber sie funktionierte nicht mehr. Das war Becky am Ende auch egal. Spaß gemacht hat es trotzdem.

Zwei Tage bevor Mama ins Krankenhaus musste, kam Janni vorbei und fragte mich, ob ich mitwollte in die Stadt. Er musste zum Baumarkt und Holz für sein neues Bett kaufen und danach würde er mich zu einem Eis einladen. Na, und ob ich mitwollte!
»Jetzt, wo du Ferien hast, kannst du mich nächste Woche ja mal für ein paar Tage besuchen kommen, was meinst du?«, fragte Janni, als wir vor dem Baumarkt aus dem Auto stiegen.
»Au ja! Wir fahren gar nicht nach Spanien, weißt du das schon?«
»Klar weiß ich das. Deine Mama hat's mir gesagt.« Janni ging durch das Drehkreuz in die große Halle, und ich beeilte mich, hinterherzukommen.
»Hat Mama dir auch gesagt, warum?«
Janni warf mir einen Blick zu und legte mir den Arm um die Schultern. Das mag ich gerne, wenn Janni das macht. Dann komme ich mir immer irgendwie schon ganz groß vor.
»Ja, hat sie mir auch gesagt. Weil sie ins Krankenhaus muss.«
Wir gingen an den Regalen mit Farben vorbei und bogen um eine Ecke, und dann waren wir im Holzlager, wo riesige Bretter und Platten nebeneinander an der Wand

lehnten. Alles roch nach Holz, und als ich die Augen schloss, konnte ich mir richtig vorstellen, dass wir mitten im Wald standen.

Janni ging zum Ende der Halle und strich mit der Hand über ein paar Bretter. Nach einem Moment schnalzte er mit der Zunge, schüttelte den Kopf und ging weiter. Ich sah zu, wie er sich bückte und ein paar andere Bretter betrachtete, die auf dem Boden gestapelt lagen.

»Die sind gut«, sagte er. »Die nehmen wir, was meinst du, Louise? Fühl mal.«

Ich legte eine Hand auf die Bretter. Sie waren dunkel gemasert und so glatt, dass sie sich fast weich anfühlten. »Die sind toll. Darf ich dir beim Bettbauen helfen?«, fragte ich Janni, und er grinste.

»Ob du mir wirklich so eine große Hilfe bist, weiß ich ja nicht. Du haust dir ja doch bloß auf die Finger.« Er duckte sich weg, als ich ihn kneifen wollte. Janni weiß nämlich genauso gut wie ich, dass ich richtig gut bin in Bauen und Werken. Im Werkunterricht bin ich sogar die Beste. Dafür kriege ich in Handarbeit regelmäßig eine Vier minus.

»Na gut«, lenkte er ein. »Dann werde ich noch ein paar Tage damit warten, bis du zu mir kommst.« Er gab mir ein kurzes Brett zum Tragen und lud sich selbst einen ganzen Stapel auf die Schulter. Er schwankte ziemlich unter der Last, und ich musste lachen, als ich sah, wie er gebückt davonschlurfte. Janni musste auch lachen, und als wir an der Kasse ankamen, waren wir beide ganz außer Atem.

Der Kassierer guckte uns verwundert an und Janni zwinkerte ihm zu. »Gestatten, Packesel mein Name«, sagte er, und ich musste noch mehr lachen. Der Kassierer fand das wohl gar nicht so komisch, er tippte wild auf die Kasse

ein und sah Janni nicht mehr an.
»Ach, die Leute nehmen immer alles so ernst«, sagte Janni, als wir draußen waren. »Das Leben könnte viel lustiger sein, wenn alle mal ein bisschen mehr Spaß verstünden.«
»Das sagt Mama auch immer!«
»Natürlich sagt sie das. Ich hab's ja auch von ihr! Du meinst doch nicht, dass ich mir solche Weisheiten ganz allein ausdenken könnte! Nee, die hab ich alle von deiner Mutter gelernt!«
So ganz ernst meinte Janni das wohl nicht, aber ein bisschen stimmte es doch. Mama kam mir immer vor wie die große Schwester von Janni, obwohl sie beide gleich alt waren. Genau genommen war Janni sogar vier Tage älter!
»Du, Janni«, sagte ich, als wir eine Weile später beim Italiener auf dem Marktplatz saßen und auf unsere Eisbecher warteten. »Du, Janni, sag mal, hat Mama dir auch gesagt, warum sie ins Krankenhaus muss?«
Janni sah mich an. »Ja. Und dir hat sie es auch erzählt.« Er guckte mich geradeheraus an und plötzlich hatte ich wieder einen Kloß im Hals. Als der Kellner unser Eis brachte, mochte ich gar nichts davon essen, obwohl es Schokoladeneis war, mein Lieblingseis.
»Was ist denn mit dir? Warum isst du denn nichts?«, fragte Janni und schob sich einen großen Löffel Erdbeereis mit Krokantsplittern in den Mund.
Ich sah auf mein Eis, das in der Sonne bereits zu schmelzen begann.
»Ich hab Angst um Mama«, flüsterte ich.
Janni legte seinen Löffel hin und stützte die Ellbogen auf den Tisch. Mit seinen blauen Augen sah er mich ganz ruhig an. »Sieh mal«, sagte er. »Deiner Mama geht es doch

gut, nicht wahr? Ich meine, sie sieht doch nicht krank aus oder so?«

»Nein, aber das finde ich ja auch so komisch daran. Das ist irgendwie unheimlich, dass man nichts sieht. Manchmal denke ich, dass es gar nicht stimmen kann. Das mit dem Krebs.«

»Das wird schon stimmen«, sagte Janni. »Aber hör mal, wenn man nichts sieht, dann bedeutet das, dass es noch gar nicht so schlimm ist. Wenn jemand wirklich schlimm krank ist, dann sieht man es ihm auch an. Und wenn man es nicht sieht, kann man ganz viel dagegen machen. Das ist wie mit Husten: Wenn du schon Tropfen nimmst, obwohl du noch gar nicht so schlimm hustest, dann wird der Husten meistens gar nicht mehr so doll. So ist das auch mit deiner Mama. Sie kommt ins Krankenhaus, da nehmen sie den Knoten raus, dann kriegt sie noch ein paar Medikamente, und dann sehen wir weiter. Bis dahin brauchst du dir keine Sorgen zu machen, verstehst du? Alles gar nicht so schlimm.«

»Meinst du?«, fragte ich unsicher. Ich wollte Janni nur zu gerne glauben. Was er da sagte, klang ganz vernünftig. Und außerdem hatte Janni mich noch nie belogen.

»Ja, das meine ich ganz bestimmt. Und jetzt meine ich vor allem, dass du dein Eis aufessen solltest. Sonst ist es nämlich futschikato weggeschmolzen.«

Ich sah auf meinen Eisbecher hinunter und entdeckte, dass die Sahne obendrauf schon ganz in sich zusammengesunken war. Schnell nahm ich den Löffel und schob ihn vorsichtig in den weißen Sahnesee. Und jetzt hatte ich auch tatsächlich einen Heißhunger auf Eis.

Am übernächsten Tag kam Mama ins Krankenhaus. Ruben und ich hatten ihr geholfen, ihre Sachen zu packen.

Ruben hatte seinen kleinen Stoffhasen in Mamas Tasche gelegt, und ich hatte ihr mein Schmusekissen dazugetan, und als Mama das sah, musste sie lächeln.
»Ach, ich soll so viel Trost kriegen wie sonst niemand auf der Welt, und ihr beide wollt ohne Schmusekissen und ohne Hasen im Bett liegen und schlafen?«
Ich zuckte mit den Schultern, aber Ruben trat von einem Fuß auf den anderen. Ich sah ihm an, dass er seinen Hasen lieber doch wieder zurückgehabt hätte. Aber er traute sich nicht, das zu sagen.
Mama langte in ihre Tasche, zog den Hasen heraus und drückte ihn Ruben in die Arme. »Ich glaube, der Hase muss weinen, wenn er nicht bei dir ist, Ruben. Und das geht ja nicht.«
Ruben sah ganz erleichtert aus. Wahrscheinlich dachte er sowieso, dass Mama den Hasen vielleicht doch nicht unbedingt brauchte. Sie hatte ihm nämlich erzählt, dass sie nicht krank war, sondern nur untersucht werden sollte. Deshalb war er nicht weiter besorgt.
Mama gab mir mein Schmusekissen zurück. »Ich muss doch wissen, dass meine beiden Kinder gut schlafen können, wenn ich schon nicht da bin.« Dann nahm sie ihre Tasche auf und sah sich noch einmal im Zimmer um. »Gut, alles in Ordnung so weit. Und ihr seid lieb, ihr beiden, nicht wahr?«
Ruben und ich gingen mit ihr nach draußen, wo Papa schon das Auto angelassen hatte. Als Mama sich in den Wagen setzte, hatte ich plötzlich eine Idee.
»Wartet einen Moment!«, rief ich, und dann rannte ich wie der Blitz wieder rein, die Treppe nach oben und in mein Zimmer. In Windeseile durchwühlte ich meine Schubladen, bis ich das weichste T-Shirt gefunden hatte,

das ich besaß. Es war aus weißem, samtigem Frottee, und auf der Brust war eine Sonnenblume eingestickt. Mit dem T-Shirt in der Hand sauste ich in Rubens Zimmer, wo ich aus dem Schrank sein Mickymaus-T-Shirt hervorzog. Das hatte ich schon getragen, als ich so klein war wie Ruben jetzt, und vom vielen Waschen und Tragen war es ganz dünn und seidenweich geworden. So schnell ich konnte, rannte ich zum Auto zurück.

»Hier, Mama, damit du trotzdem was zum Kuscheln hast!«, rief ich und streckte ihr die beiden T-Shirts durchs Fenster entgegen. Mama nahm sie und drückte sie an ihre Wange. Ich glaube, sie freute sich sehr, denn sie lächelte Ruben und mich ganz glücklich an.

»Danke, mein Schatz. Jetzt werde ich nur süße Träume haben! Bis bald, ihr zwei!«

»In einer Stunde bin ich wieder da«, sagte Papa und winkte uns zu. Ich nahm Ruben bei der Hand, und wir traten ein Stück vom Auto zurück, als Papa langsam anfuhr. Mama streckte die Hand aus dem Fenster und winkte uns ebenfalls zu und Ruben und ich winkten zurück. Und dann fuhr Papa auf die Straße, und im nächsten Moment bogen sie auch schon um die Ecke und waren verschwunden.

Das war das erste Mal, dass Mama wegen dem Krebs ins Krankenhaus kam, und ich glaube, deswegen kann ich mich auch so gut daran erinnern. Denn damals war alles noch gar nicht so schlimm.

Und die Ferien wurden dann doch noch ganz schön. Richtig schön sogar. Das hatte mehrere Gründe: zum einen, weil Oma da war. Oma ist die Mama von Papa, und sie und Opa wohnen ungefähr zwei Stunden mit dem Zug entfernt in einer kleinen Stadt. Das ist eigentlich nicht

besonders weit weg, aber trotzdem kann Oma natürlich nicht so oft kommen, wie Ruben und ich es gerne hätten. Opa kommt noch viel seltener, er muss auf die Kaninchen aufpassen und die Katzen. Opa und Oma haben nämlich zwei Kaninchenställe voller Kaninchen und drei Katzen, und wenn wir zu Besuch sind, zeigt Opa uns jedes Mal ganz stolz die kleinen Babykaninchen.
Übrigens sind Oma und Opa unsere einzigen Großeltern. Die Eltern von Mama sind nämlich schon vor langer Zeit gestorben. Das ist so lange her, dass ich mich gar nicht mehr an sie erinnern kann.
Jedenfalls war es schön, dass Oma da war. Das Haus war voller Leben, Papa hatte Urlaub und werkelte im Garten, und Oma wuselte überall herum und backte Kuchen und spielte mit uns all die alten Spiele, für die Mama und Papa oft gar keine Zeit mehr hatten.
Und was noch schön war: Für drei Tage besuchte ich Janni und half ihm beim Bettbauen. Ich durfte mit dem elektrischen Schrauber die Schrauben ins Holz drehen, und einmal ließ er mich sogar die Kreissäge halten. Nachmittags, wenn wir Pause machten, gingen wir ins Schwimmbad.
Ich war schon öfter bei Janni gewesen und es gefällt mir dort unheimlich gut. Er hat sogar eine Extramatratze für mich. Wenn ich dann einschlafe, kann ich hören, wie er in der Küche herumkramt oder mit einem von seinen Freunden redet. Janni kriegt nämlich viel Besuch. Und ich mag es gerne, bei Stimmengemurmel einzuschlafen. Aber nur, wenn es die Stimmen von Leuten sind, die ich gut leiden kann, versteht sich.
Aber was am allerschönsten an diesen Ferien war: Mama ging es bald wieder gut!

Fast jeden zweiten Tag besuchten wir sie im Krankenhaus und jedes Mal sah Mama ein bisschen munterer aus. Gleich am zweiten Tag hatten sie ihr den Knoten aus der Brust rausgenommen. Beim ersten Besuch war sie noch ein bisschen blass, aber das änderte sich bald. Gegen Ende der ersten Woche lag sie kaum noch im Bett, wenn wir kamen. Stattdessen wanderten wir alle zusammen durch den Krankenhauspark und spielten Wortspiele und Verstecken. Mama hatte ausnehmend gute Laune.
»Warum musst du denn noch hierbleiben, Mama?«, fragte ich sie, als wir eines Nachmittags auf einer Bank saßen und Ruben, Oma und Papa zusahen, die auf der Wiese Fangen spielten.
»Ich bekomme doch noch Medikamente, Louise. Damit ich auch ganz gesund werde.«
»Kannst du die denn nicht zu Hause nehmen?«
»Nein«, sagte Mama. »Ich bekomme Spritzen, weißt du. Das kann man zu Hause nicht machen.«
Das leuchtete mir ein. Ich schmiegte mich an Mamas Schulter und seufzte zufrieden. »Aber dir geht es wieder gut, oder?«
»Ja«, sagte Mama. »Mir geht es wieder gut. Bald komme ich nach Hause und dann ist alles wieder wie früher.«
Auf der Wiese kreischte Ruben laut auf und rannte vor Papa davon und Papa lief ihm mit ausgebreiteten Armen hinterher. Oma stand daneben und lachte. Ich merkte, dass ich gar keine Angst mehr hatte. Mama hatte bestimmt recht: Wenn sie nach Hause kam, würde alles wieder wie früher sein.

Und so war es tatsächlich. Als Papa Mama am Ende der zweiten Woche abholte und nach Hause brachte, strahl-

ten beide über das ganze Gesicht.
»Ich bin endlich wieder zu Hause!«, rief Mama und küsste mich auf beide Wangen. Und dann umarmte sie mich ganz fest. Papa grinste breit, und Oma stand da, ein seliges Lächeln im Gesicht.
Nur Ruben schien sich nicht richtig zu freuen. Er hing an Omas Rockzipfel und starrte Mama die ganze Zeit an, und als sie sich zu ihm herunterbeugte, um ihn in die Arme zu nehmen und zu küssen, wich er zurück.
»Du siehst so komisch aus, Mama«, sagte er.
Mama stemmte die Arme in die Hüften und sah zu Ruben hinunter. »Tatsächlich? Wie denn?«
»Du bist so dick geworden!«
Zuerst verstand ich beim besten Willen nicht, wie Ruben darauf kam. Mama war nicht dick geworden. Ganz im Gegenteil, sie war eher noch dünner geworden. Aber dann versuchte ich, Mama mit Rubens Augen anzugucken, und da kapierte ich, was er meinte: Mamas Gesicht! Es war ein bisschen geschwollen, nicht viel, nur ein bisschen. Aber Ruben hatte es gleich bemerkt. Vielleicht auch deswegen, weil er Mama seit vier Tagen nicht mehr gesehen hatte. Oma fand den langen Weg ins Krankenhaus zu anstrengend und deswegen waren sie und Ruben in den letzten Tagen zu Hause geblieben.
»Das kommt vom Cortison. Das sind die Medikamente, die Mama nehmen musste«, sagte Papa. »Das geht bald wieder weg.«
Mama stand immer noch da und sah Ruben an, und Ruben guckte scheu zurück. Aber dann trat er einen Schritt auf sie zu und fing an zu lächeln, und Mama stieß einen leisen Schrei aus, ging in die Knie und zog Ruben fest in ihre Arme.

»Alles wird wieder gut«, flüsterte sie. »Hörst du? Alles wird wieder gut.«
Eine Woche später fuhr Oma nach Hause zurück und Papas Urlaub war kurz darauf auch zu Ende. Und als die Schule wieder anfing, war Mamas Gesicht kein bisschen mehr angeschwollen.
Alles war wieder wie früher, nur mit dem Unterschied, dass ich im Lauf der Ferien zwei ganze Zentimeter gewachsen war und jetzt in die vierte Klasse ging. Mama war bester Dinge und putzmunter. Nur die kleine Narbe auf ihrer Brust erinnerte noch daran, dass sie überhaupt im Krankenhaus gewesen war.
Mama zeigte mir die Narbe eines Abends, als ich schon im Bett lag und sie mir Gute Nacht sagte. Es war eine schmale, rosafarbene Narbe, so lang wie mein kleiner Finger und zu einem Halbkreis gebogen. Mama erlaubte mir sogar, sie anzufassen. Die Haut auf der Narbe fühlte sich ganz weich an, noch weicher als die Haut auf der Innenseite von meinem Ellbogen, und die ist ja schon sehr, sehr weich. Mama lachte, als ich das sagte.
»Fühlt sich eigentlich ganz schön an, nicht wahr?«
»Ja, aber lieber wär's mir doch, du hättest gar keine Narbe.«
Mama küsste mich auf beide Wangen und deckte mich zu. »Ach, so eine kleine Narbe, damit lässt es sich doch prima leben.« Sie küsste mich noch mal und dann ging sie aus dem Zimmer. Die Tür ließ sie angelehnt, wie immer. Und als ich sie und Papa unten leise miteinander reden hörte, schlief ich ganz beruhigt ein.

Kraft für Mama

Ich dachte überhaupt nicht mehr an den Krebs. Warum auch, Mama war ja schließlich wieder gesund! Sie war nicht gestorben, wie Jens oder die Oma von Becky. Nein, nicht Mama war gestorben, sondern der Krebs. Alles war wieder gut.

Der Sommer ging vorbei und der Herbst kam und mit ihm Rubens fünfter Geburtstag. Im November gab Janni in seiner Wohnung eine große Party, weil er seine Meisterprüfung als Fotograf gemacht hatte. Ich durfte bis Mitternacht aufbleiben und anschließend ausnahmsweise sogar in seinem Hochbett statt auf der Extramatratze schlafen, während die Party in der Küche weiterging.

Am nächsten Morgen wachte ich früh auf. Mama lag neben mir und schlief noch, und als ich über den Rand vom Hochbett guckte, sah ich Janni unten auf dem Boden auf meiner Matratze liegen. Und draußen vor dem Fenster schwebten die ersten Schneeflocken vom Himmel. Das war ein wunderschöner Anblick!

Der Dezember ist mein Lieblingsmonat. Einfach, weil Weihnachten in der Luft liegt und alles so feierlich wirkt. Außerdem mag ich das Plätzchenbacken so gerne. Normalerweise fangen wir um den ersten Advent herum da-

mit an, aber in diesem Jahr schien Mama nicht so große Lust dazu zu haben.
»Ich weiß nicht, ich bin heute einfach zu müde«, sagte sie, als ich am zweiten Dezember begann, die Plätzchenformen unten aus dem Küchenschrank zu kramen. »Lass uns noch ein paar Tage damit warten, okay? Ich habe so viele andere Sachen zu tun. Und ich muss mich noch einen Moment ausruhen«, sagte Mama und gähnte. Sie sah so aus, als könnte sie glatt auf der Stelle einschlafen.
»Dann helfen wir dir eben!« Ich rief Ruben, und gemeinsam machten wir uns daran, die liegen gebliebene Wäsche wegzutragen und die Küche zu putzen. Als wir alles fertig hatten, lief ich ins Wohnzimmer, um Mama Bescheid zu sagen, und da entdeckte ich, dass sie auf dem Sofa lag und schlief. Sie wachte erst auf, als Papa nach Hause kam. Und da war es dann natürlich zu spät zum Plätzchenbacken.
Am nächsten Tag war Mama immer noch müde, und am Tag danach auch. Erst am Sonntag war sie munter genug zum Backen. Die meiste Arbeit haben allerdings Ruben und ich gemacht. Mama saß am Küchentisch und guckte uns zu und gab gelegentlich Anweisungen, wie wir den Teig rühren und die Förmchen einfetten sollten. Am Ende waren die Plätzchen zwar nicht so knusprig wie sonst, aber trotzdem lecker. Ruben und mir schmeckten sie zumindest. Vor allem, weil wir sie ja allein gemacht hatten. Na, beinahe jedenfalls.
Das mit Mamas Müdigkeit, das hörte nicht auf. Manchmal legte sie sich sogar direkt nach dem Frühstück wieder hin und schlief bis mittags. Das weiß ich, weil ich einmal von der Schule nach Hause kam und Janni im Wohnzimmer fand, der dasaß und Mama betrachtete, die immer noch schlief.

Ich setzte mich leise auf Jannis Schoß und gemeinsam guckten wir Mama beim Schlafen zu. Nach ein paar Minuten rekelte sie sich und öffnete die Augen.
»Huch! Wie spät ist es denn? Hab ich etwa seit heute Morgen geschlafen?«
»Es ist kurz nach eins«, sagte Janni und lächelte sie an. »Ich dachte, ich schau mal vorbei.«
Mama rieb sich verschlafen die Augen. »Ich muss Ruben abholen. Oje, und ich hab noch nichts zu Mittag gemacht!«
Janni schob mich langsam von seinem Schoß herunter und stand auf. »Ich fahre schnell und hole ihn. Und bei der Gelegenheit bringe ich gleich was zu essen mit. Ich hab nämlich einen Riesenappetit auf gebratene Hähnchen. Was meint ihr dazu?«
»Au ja!«, rief ich schnell, bevor Mama etwas dagegen einwenden konnte. Mama wollte nämlich nicht, dass wir zu viel Fleisch essen. Aber ich finde, ein halbes Hähnchen, das muss ab und zu schon mal drin sein. Das schmeckt einfach zu gut!
Aber Mama hatte gar nichts dagegen. »Prima«, sagte sie und sah Janni liebevoll an. »Danke, Janni. Danke für deine Hilfe.«
»Nix zu danken. Gern geschehen«, sagte Janni und fuhr mir mit der Hand durchs Haar. »Und könnte es zufällig sein, dass diese junge Dame hier mitkommen möchte?«
Natürlich konnte das sein. Wäre ja komisch gewesen, wenn es nicht so gewesen wäre!
Mama war so oft müde, dass es sogar Ruben auffiel.
»Ist Mama krank?«, fragte er Papa eines Tages, als wir zu dritt über den Weihnachtsmarkt in der Stadt schlenderten.

»Wieso?«, fragte Papa zurück. Es duftete nach Zuckerwatte und Weihnachtsmandeln und mir lief schon beim bloßen Gedanken daran das Wasser im Munde zusammen.
»Weil sie immer so müde ist. Und noch nicht mal auf den Weihnachtsmarkt mitkommen wollte«, erklärte Ruben.
»Ach was! Mama ist eben einfach …« Papa zögerte. »Sie ist einfach müde«, sagte er dann. »Und jetzt ist es sogar ganz gut, dass sie nicht mitgekommen ist. Schließlich wollen wir ja etwas für sie kaufen.«
Ruben war zufrieden mit der Antwort. Aber ich hatte das Gefühl, dass Papa nicht ganz ehrlich war. Ich meine, immerhin war es ja nicht normal, dass jemand so oft müde war wie Mama in letzter Zeit, nicht wahr? Aber vielleicht gab es ja einen ganz einfachen Grund dafür.
»Papa?«, fragte ich, als wir weitergingen. »Papa, kriegt Mama vielleicht ein Baby?« Angeblich waren Frauen doch immer sehr erschöpft, wenn sie ein Baby erwarteten. Ich konnte mich sogar ganz schwach erinnern, dass es so ähnlich gewesen war, als Mama mit Ruben schwanger gewesen war.
Papa drehte sich wie vom Blitz getroffen zu mir um. »Nein!«, sagte er laut und schüttelte den Kopf. »Nein, ganz bestimmt nicht!« Stirnrunzelnd sah er mich an. Und dann schüttelte er noch einmal nachdrücklich den Kopf. »Nein.«
»Schade.«
Papa warf mir einen erstaunten Blick zu, und dann ließ er sich von Ruben, der ungeduldig drängelte, weiterziehen.
»Hm«, murmelte er leise. »Ein Baby, na so was. Das fehlt ja gerade noch!« Aber ich sah, wie er verstohlen vor sich hin grinste.

Ich glaube, an dem Abend haben Papa und Mama sich darüber unterhalten, denn ich hörte, wie Mama auf einmal lachte und rief: »Ganz schön clever, die Kleine!« Später kam es mir allerdings so vor, als ob ich sie weinen hörte. Aber vielleicht habe ich mich auch getäuscht.

In diesem Jahr war Weihnachten ganz anders als all die anderen Weihnachten zuvor. Ich konnte gar nicht sagen, woran es lag, denn von außen betrachtet war alles wie immer, fast jedenfalls. Mama gab sich alle Mühe, die gleichen Vorbereitungen zu treffen wie sonst auch, aber ich merkte doch, dass sie nicht so ganz bei der Sache war. Ich musste sie daran erinnern, dass wir normalerweise die Fenster mit unseren selbst gebastelten Strohsternen schmückten. Und sie las Ruben und mir auch nicht jeden Abend aus der Weihnachtsgeschichte vor. Stattdessen bat sie mich vorzulesen. »Weil du doch so schön vorlesen kannst«, sagte sie. Aber ich glaube, Mama war einfach zu müde dafür. Denn als ich ihr beim Vorlesen ab und zu einen Blick zuwarf, sah ich, dass ihr die Augen zugefallen waren. Nach ein paar Abenden übernahm Papa das Vorlesen, aber das war nicht ganz so schön, wie wenn Mama vorlas. Papa verliest sich nämlich ständig. Es ist lustig, ihm zuzuhören, aber feierlich – nein, feierlich ist es nicht so richtig.
Sonst waren wir immer am zweiten Weihnachtstag zu Oma und Opa gefahren, aber diesmal kamen sie stattdessen zu uns, und zwar schon am Heiligen Abend.
Ich bekam jede Menge Bücher und genau den kleinen Werkzeugkasten, den ich mir so doll gewünscht hatte. Wir sangen alle zusammen Weihnachtslieder und spielten Mensch-ärgere-dich-nicht, gingen im Schnee spazieren

und machten Schneeballschlachten, und das ganze Haus duftete nach Orangen und Lebkuchen. Die Erwachsenen waren meistens guter Dinge und lachten und scherzten mit Ruben und mir, aber trotzdem – irgendwie lag eine gedrückte Stimmung in der Luft. Ich war ja nicht blöd, ich kriegte die sorgenvollen Blicke genau mit, mit denen Oma Mama musterte, und mehr als einmal verstummten Papa und Opa, wenn ich ins Zimmer kam. Und Mama – Mama war einfach zu ruhig. Sie war blass und hatte dunkle Ringe unter den Augen, sie saß oft auf dem Sofa und starrte schweigend vor sich hin. Wenn sie merkte, dass ich sie beobachtete, setzte sie schnell ein Lächeln auf. »Mit mir ist alles in Ordnung, ich bin einfach nur müde«, antwortete sie, wenn ich sie fragte, ob ihr etwas fehlte. Aber ich hatte das Gefühl, dass sie etwas vor mir verheimlichte. Allmählich bekam ich das Gefühl, dass alle etwas vor mir verheimlichten: Mama, Papa, sogar Oma und Opa.

Ich weiß gar nicht genau, was ich damals eigentlich dachte. Ich machte mir einfach nur Sorgen um Mama. Ich war sicher, dass ihr tatsächlich irgendetwas fehlte. Und dass die Erwachsenen das auch alle wussten und nur vor uns Kindern so taten, als wäre alles in Ordnung.

Manchmal dachte ich sogar, dass Mama uns alle einfach leid war. Dass sie uns aus irgendeinem Grund nicht mehr so richtig lieb hatte. Ja, sogar das dachte ich manchmal. Obwohl ich es mir gar nicht vorstellen konnte. Bloß, wenn keiner so richtig mit einem redet, dann macht man sich eben die doofsten Gedanken.

Zwei Tage nach Weihnachten fuhren Papa und Mama morgens in die Stadt. Ich nahm an, dass sie einkaufen wollten, aber ich fragte nicht nach, weil ich gerade in eins

von meinen neuen Büchern vertieft war. Mittags kam Papa allerdings allein zurück. Und er machte so ein finsteres Gesicht, dass mir ganz übel wurde.
»Wo ist Mama?«, fragte Ruben, aber Papa guckte ihn gar nicht an. »Gleich«, sagte er, und dann ging er in die Küche, wo Oma das Mittagessen vorbereitete, und machte die Tür hinter sich zu. Opa kam aus dem Wohnzimmer und versuchte, Ruben und mich zum Kartenspielen zu überreden. Ruben war gleich begeistert, aber ich wollte nicht. Ich blieb im Flur stehen und starrte die Küchentür an, und als ein paar Minuten später Oma herauskam, wusste ich, dass etwas Schlimmes passiert war. Oma hatte Tränen in den Augen und atmete schwer, und als sie mich sah, versuchte sie zu lächeln.
»Was ist mit Mama?«, fragte ich, und Oma atmete tief ein, bevor sie antwortete.
»Mama geht es nicht so gut. Papa hat sie ins Krankenhaus gebracht. Ist aber nicht schlimm …«
Ich ließ Oma gar nicht zu Ende reden, ich rannte an ihr vorbei in die Küche, wo Papa am Tisch saß und das Gesicht in den Händen verborgen hatte.
»Was hat Mama? Was ist mit Mama?«, schrie ich, und dann kam Oma auch schon hinter mir her und machte die Tür hinter sich zu.
»Nicht so laut, Louise. Denk an Ruben«, sagte Oma, und Papa hob den Kopf und sah erst mich an, dann Oma, und dann wieder mich.
»Mama ist krank«, sagte er langsam. »Sie hat … Sie ist …« Er verstummte und sah Oma Hilfe suchend an. Oma legte mir den Arm um die Schultern und zog mich an sich, aber ich riss mich los. Ich wollte nicht angefasst werden. Ich wollte wissen, was los war.

»Was hat Mama? Sagt mir, was Mama hat!«, brüllte ich. Oma schniefte ganz leise. Papa seufzte, und dann guckte er seine Hände an, die vor ihm auf dem Tisch lagen. »Mama hat wieder Krebs«, sagte er leise.
Ich konnte gar nicht begreifen, was Papa da sagte. Ich hatte gedacht, das mit dem Krebs sei ein für alle Mal vorbei. Mama hatte den Krebs doch besiegt! Der Krebs in Mama war doch gestorben, wie in aller Welt konnte er da wiederkommen? Kein Mensch hatte mir je gesagt, dass das möglich war. Niemand.
»Das kann nicht wahr sein!«, schrie ich. »Das stimmt nicht, Papa! Das stimmt doch nicht, oder?«
Papa sagte gar nichts. Und er sah mich auch nicht an. Er betrachtete immer weiter seine Hände.
»Pscht, nicht so laut, Louise«, sagte Oma. Und ich konnte nicht anders, auf einmal musste ich weinen. »Ihr habt mich belogen. Ihr habt doch gesagt, das mit dem Krebs ist vorbei«, schluchzte ich, und da endlich hörte Papa auf, seine Hände anzugucken. Er stand auf und kam um den Tisch herum zu mir. Dann nahm er mein Gesicht in beide Hände und zwang mich, ihn anzusehen.
»Louise, komm, es ist gar nicht so schlimm. Schau mal, Mama ist schon einmal gesund geworden. Diesmal wird sie es auch. Glaub mir.«
Oh, und wie gerne ich ihm glauben wollte! Aber ich konnte nicht. Ich gab mir alle Mühe, aber ich konnte Papa einfach nicht richtig glauben.

Janni war es dann, der mir das mit dem Krebs so richtig erklärte. Da waren Oma und Opa schon abgereist und hatten Ruben, der gar nicht so recht begriff, wie ihm geschah, kurzerhand mitgenommen. Ruben dachte, dass

Mama so etwas Ähnliches wie eine schwere Grippe hatte und deshalb viel Ruhe brauchte, so jedenfalls hatte Papa ihm das erklärt. Am Tag, bevor sie abgereist waren, hatten wir alle zusammen Mama im Krankenhaus besucht. Mama war ein bisschen bleich gewesen, aber sie hatte gelächelt, als sie sah, dass ich ihr wieder die beiden weichen T-Shirts von Ruben und mir mitgebracht hatte. »Die bringen mir ganz bestimmt Glück«, hatte sie gesagt und mir einen dicken Schmatz auf die Backe gegeben. Sie hatte auch gar nicht so krank ausgesehen. Nur ein bisschen bleich eben. Und sehr, sehr müde.

»Klar hat dir keiner gesagt, dass der Krebs wiederkommen kann. Aber nicht, weil dir alle etwas vorlügen wollten. Sondern weil wir alle fest daran glauben wollten, dass das nicht passiert.« Janni betrachtete anerkennend das Hütchen aus Pappe, das ich gebastelt hatte.

»Aber ihr habt gewusst, dass es passieren könnte.«

»Ja«, sagte Janni. »Das haben wir gewusst. Aber damit gerechnet hat keiner.«

Janni und ich waren gerade dabei, Papphütchen für den Silvesterabend zu basteln, den wir gemeinsam mit Papa verbringen wollten. Darüber freute ich mich. Denn wenn Janni da war – und er kam ziemlich oft vorbei in den letzten Tagen –, dann fühlte ich mich irgendwie besser. Ich glaube, das lag daran, weil Janni mir immer richtig antwortete, wenn ich ihn etwas fragte, im Gegensatz zu den anderen Erwachsenen. Oma und Opa sagten bloß ständig, dass es alles schon wieder gut werden würde, und Papa wich mir meistens aus. »Keine Sorge, das geht schnell vorbei, genauso wie beim letzen Mal«, sagte er, aber ich konnte ihm ansehen, dass er sich Sorgen machte. Er guckte nämlich ganz oft ebenso nachdenklich aus dem

Fenster, wie Mama es in letzter Zeit so oft getan hatte. Und jedes Mal, wenn Papa merkte, dass ich ihn beobachtete, lächelte er mir schnell aufmunternd zu.
Aber Janni war anders. Janni gab sogar zu, dass er sich auch große Sorgen machte.
»Heißt das denn, dass der Krebs doch nicht tot war?«, fragte ich.
»Das ist schwierig zu erklären.« Janni nahm sein eigenes Silvesterhütchen und drehte es zwischen den Fingern. »Krebs, das bedeutet, dass irgendwo im Körper ein Knubbel wächst, eine Geschwulst, oder eben ein Tumor, so nennt man das auch. Manchmal wachsen auch Knoten und Knubbel, die nicht gefährlich sind. Die nimmt man raus und das war's dann. Aber die gefährlichen Knubbel sind eben deswegen gefährlich, weil sie sich vermehren können. Verstehst du, eine Krebsgeschwulst besteht ja aus Zellen. Weißt du, was Zellen sind?«
»So ungefähr.«
»Zellen sind die kleinsten lebendigen Teile, aus denen der Körper zusammengesetzt ist. So wie ein Stück Pappe aus ganz vielen kleinen Fasern zusammengesetzt ist.« Er hob das Papphütchen hoch. Es war grün angemalt und hatte einen kleinen Bommel aus Watte auf der Spitze. »Nur mit dem Unterschied, dass Zellen lebendig sind.«
»Ja, schon klar. Aber was ist denn jetzt mit den Krebszellen?«
»Zellen können sich vermehren, indem sie sich teilen. Und daraus bilden sich wieder neue Zellen. Wie wenn ein Baby entsteht und wächst. Und beim Krebs wächst eben ein Knubbel. Wie Mamas Knoten in der Brust.«
»Aber den haben sie ihr doch rausgenommen.«
»Ja, den haben sie ihr rausgenommen. Aber da hatten

die Krebszellen wohl schon begonnen, sich zu vermehren. Und die neuen Krebszellen sind dann durch Mamas Blutbahn geschwommen bis zu ihren Achselhöhlen. Und da haben sie sich festgesetzt und sind langsam weitergewachsen. Diese neuen Knubbel heißen übrigens Metastasen.«
»Metastasen«, murmelte ich vor mich hin. Das Wort klang eigentlich nicht besonders schlimm. Überhaupt – so wie Janni mir das mit dem Krebs erklärte, klang es gar nicht so bedrohlich.
Als ob er meine Gedanken gelesen hätte, sagte Janni: »Je mehr man über etwas weiß, desto weniger Angst macht es einem. Jedenfalls finde ich das.«
Ich nickte. »Aber warum heißt es denn Krebs?«
»Na ja, weil diese Geschwulste das gesunde Zellgewebe praktisch auffressen, wenn sie wachsen. Ganz langsam und ohne dass man es so richtig mitbekommt. So, wie Krebse eben essen.«
Ich dachte nach. Der Vergleich war nicht schlecht, fand ich. »Aber eins versteh ich nicht, Janni. Mama hatte doch Medikamente gekriegt, damit der Krebs wirklich tot ist. Wieso ist er dann trotzdem weitergewandert?«
Janni stellte sein Hütchen wieder hin. »Manchmal wirken die Medikamente nicht«, sagte er ruhig.
»Wieso nicht?«
Janni zuckte mit den Schultern. »Das weiß keiner. Genauso wenig, wie jemand wusste, dass der Krebs schon weitergewandert war. Das kann man einfach nicht wissen. Sieh mal, die Ärzte und Forscher wissen doch noch nicht mal genau, wie Krebs überhaupt entsteht. Und warum manche Leute Krebs kriegen und andere nicht. Und warum er bei einigen weiterwächst, und andere brau-

chen noch nicht mal Medikamente und werden trotzdem wieder gesund. Das ist bei jedem Menschen anders. Aber voraussagen kann man nichts.«
Das machte mir irgendwie Angst. Denn wenn man nichts voraussagen konnte, dann hieß das doch auch, dass alles möglich war. Dann war es sogar möglich, dass Mama sterben konnte, nicht wahr?
»Janni, glaubst du denn, dass Mama wieder gesund wird? Oder glaubst du, dass sie vielleicht …« Ich konnte nicht weiterreden, weil ich mit einem Mal heftig schlucken musste.
Janni stützte das Kinn in beide Hände und sah mich über den Tisch hinweg an. »Was ich glaube oder nicht, ist gar nicht so wichtig. Wichtig ist, dass ich mir ganz doll wünsche, dass Marie … deine Mutter wieder gesund wird. Zufällig glaube ich nämlich, dass das hilft. Wenn man sich etwas ganz doll wünscht. Dadurch schicke ich deiner Mutter ganz viel Kraft, durch meine Gedanken und Wünsche. Denn das braucht sie jetzt am allermeisten: Kraft.«
»Weil sie so müde und schwach ist.« Ich musste daran denken, wie blass Mama ausgesehen hatte und wie müde sie in der letzten Zeit immer gewesen war.
»Genau«, sagte Janni. »Der Krebs nimmt ihr viel von ihrer Kraft, weil er sie braucht, um zu wachsen. Deshalb braucht deine Mama wiederum jede Menge Kraft, um dagegenzuhalten.«
Ich nahm das letzte Stück Pappe in die Hand, aus dem ich für Papa noch ein Hütchen basteln wollte. »Janni, weißt du, was ich mir fürs neue Jahr wünsche?«
Er nickte. »Ich glaub schon, dass ich das weiß. Und ich glaube auch, dass ich mir haargenau das Gleiche wün-

sche. Jetzt aber los«, sagte er dann. »Jetzt machen wir noch die passende Silvester-Kopfbekleidung für deinen Vater. Wie wäre es mit Nagellacktupfern?«
»Au ja!«, rief ich und stand schnell auf, um eins von Mamas Nagellackfläschchen zu holen. Aber an der Tür fiel mir noch etwas ein, das ich Janni unbedingt fragen musste: »Janni? Mama hat keine Schmerzen, oder? Ich meine, der Krebs tut ihr nicht weh, oder?«
»Nein, ich glaube nicht«, sagte Janni und warf mir einen langen Blick zu. »Aber vielleicht fragst du sie das einfach selber. Denn sie weiß das ja schließlich am besten.«

»Nein, mir tut nichts weh«, sagte Mama bei meinem nächsten Besuch. »Ich bin einfach nur müde.«
Papa war gerade rausgegangen, um sich einen Kaffee zu holen, und ich saß auf dem Bettrand und hielt Mamas rechte Hand. An der anderen Hand trug sie einen Verband, unter dem ein dünner, durchsichtiger Schlauch herauskam. Der Schlauch führte zu einer Flasche mit einer klaren Flüssigkeit, die an einem fahrbaren Ständer neben dem Bett hing. Alle paar Sekunden floss ein Tropfen aus der Flasche in den Schlauch. Mama hatte mir erklärt, dass die Flüssigkeit ein Medikament enthielt, das ihren Körper kräftigen sollte. Es stimmte wirklich, was Janni gesagt hatte: Mama brauchte jede Menge Kraft.
»Und was passiert jetzt mir dir?«, fragte ich.
»Also«, sagte Mama, »als Erstes werde ich morgen früh operiert. Da nehmen sie diese neuen Knubbel aus den Achselhöhlen raus. Dann kriege ich wieder Medikamente.«
»Genau wie beim letzten Mal«, stellte ich fest, und Mama musste mir angesehen haben, dass ich darüber nicht be-

sonders froh war. Schließlich hatte diese Behandlung beim letzten Mal ja nicht allzu viel geholfen, nicht wahr?

»Nein, nicht genau wie beim letzten Mal«, sagte sie und drückte meine Hand. »Dieses Mal kriege ich andere Medikamente, viel stärkere. Die sind so stark, dass ich mich erst mal ganz schlecht fühlen werde. Aber danach bin ich wahrscheinlich gesund.«

»Und wie lange dauert das Ganze?«

»Tja«, sagte Mama. »So, drei, vier Wochen wird das wohl dauern.«

»Was, so lange?«

»Ich weiß, dass das lange ist.« Mama zuckte mit den Schultern. »Aber es muss nun mal sein. Papa und ich haben schon darüber gesprochen. Er nimmt sich eine Woche frei, danach kommt dann Oma mit Ruben. Vielleicht kannst du auch mal eine Woche bei Becky mitessen. Nadja wird nach dir sehen und außerdem ist ja auch noch Janni da. Habt ihr denn eigentlich schön Silvester gefeiert, ihr drei?«

»Ja«, sagte ich. »Janni und ich haben Papas Hütchen mit Nagellack bemalt und dann haben wir uns gleich noch die Nägel angemalt.« Ich schlug mir die Hand vor den Mund, weil mir einfiel, dass ich Mamas Nagellack einfach genommen hatte, ohne sie zu fragen. Aber Mama lachte nur.

»Dieser Janni!«, rief sie. »Das ist mir vielleicht einer!«

»Was ist mit Janni?«, fragte Papa, der gerade zur Tür hereinkam, einen Becher mit dampfendem Kaffee in der Hand.

»Ich hab Mama gerade erzählt, dass Janni und ich uns zu Silvester die Nägel angemalt haben.«

»Jaja, und den ganzen Abend haben die beiden mir damit

vor der Nase rumgefuchtelt!« Papa verdrehte die Augen. »Und mit hohen Stimmen geredet wie feine Damen. Die waren vielleicht nervig!«
Ich musste kichern und Mama lächelte. Auf einmal sah sie gar nicht mehr so krank aus. Und als Papa und ich eine Weile später gehen mussten, winkte sie uns gut gelaunt hinterher.

In der Woche darauf fing die Schule wieder an. Am ersten Tag kam Papa mit, um mit meiner Lehrerin, Frau Schlömer, zu reden. Ich musste draußen vorm Lehrerzimmer warten, und als Papa gegangen war und ich mit Frau Schlömer zu unserem Klassenzimmer ging, guckte sie mich ganz mitleidig an.
»Das mit deiner Mutter tut mir sehr leid, Louise. Aber es ist gut, dass dein Vater es mir gesagt hat. Wenn du Kummer hast, Louise, dann kannst du immer zu mir kommen, hörst du?«
»Ja, danke«, sagte ich. Eigentlich hätte ich am liebsten geantwortet, dass ich ja schließlich mit Mama reden konnte, wenn ich Kummer hatte. Und mit Papa und Janni. Aber Frau Schlömer meinte es sicher nur gut.
Von da an sah sie mich immer wieder so sorgenvoll an, so, als wenn ich krank wäre und nicht Mama. Und wenn sie mit mir redete, dann mit einer ganz weichen Stimme. Es fiel sogar den anderen Kindern in meiner Klasse auf.
»Louise, Louise!«, piepste Basti, unser Klassenclown, wenn Frau Schlömer aus der Klasse gegangen war. »Magst du vielleicht das Gedicht vorlesen? Ach, bitte, tu mir doch den Gefallen, liebste Louise!«
Er hörte erst damit auf, als sich rumsprach, dass Mama Krebs hatte und im Krankenhaus lag. Ich glaube, das

fanden alle irgendwie schrecklich. Jedenfalls fragten die meisten nach, was denn mit Mama los war, und dann waren sie alle wieder ganz normal. Der Einzige, der sich ziemlich blöde verhielt, war Jörn, einer aus meiner Parallelklasse, der mich fragte, ob meine Mama denn eigentlich geraucht hätte. Na, dem habe ich vielleicht was gehustet! Dass das ja wohl völlig egal sei und dass keiner wüsste, wovon man nun eigentlich Krebs kriegt und so. Die blöden Fragen hat Jörn sich von da an verkniffen.

Jedenfalls, nach dem ersten Schreck gingen die meisten wieder ganz normal mit mir um, und darüber war ich echt froh. Schließlich wollte ich nicht auch noch in der Schule ständig daran erinnert werden, dass Mama krank war. Nur Frau Schlömer, die hörte nicht mit ihrem komischen Getue auf. Sie machte immer so weiter, sah mich mitleidig an und behandelte mich wie ein rohes Ei. Ich muss sagen, ich war richtig froh, als das Schuljahr im Sommer zu Ende war und ich nach den Sommerferien eine neue Klassenlehrerin bekam. Obwohl Frau Augustin, die neue, mich nach einer Weile leider fast genauso vorsichtig behandelte wie vorher Frau Schlömer.

Das mit Mama machte aber nicht nur in der Schule die Runde, sondern in der gesamten Nachbarschaft. Und alle guckten mich bedauernd an und erkundigten sich nach Mama. Sogar die Bäckersfrau, die mich und die anderen Kinder bis dahin wie Luft behandelt hatte.

»Na, deiner Mama geht's wohl gar nicht gut?«, sagte sie und beugte sich über die Theke. »Richte ihr mal gute Besserung von mir aus. Und hier, für deinen Bruder und dich!«

Sie reichte mir zwei Mandelhörnchen. Normalerweise

mag ich Mandelhörnchen unheimlich gerne, aber diesmal schmeckten sie mir gar nicht. Ich wollte kein Mitleid. Ich wollte nur, dass Mama wieder gesund wurde.
Die einzige Erwachsene – außer Janni natürlich –, die nicht so komisch mitleidig tat, war die Mama von Be-cky. Becky hatte ich inzwischen erzählt, dass Mama Krebs hatte, und sie war ganz aufgeregt gewesen.
»Genau wie Oma!«, hatte sie gerufen und beide Hände vor den Mund geschlagen. Das fand ich doof, aber dann hatte Becky mich ganz lieb getröstet und außerdem versprochen, es nicht ihrer Mutter zu sagen. Ich wollte nämlich nicht, dass Beckys Mutter mich auch noch so komisch behandelte. Aber dann hatte Papa bei Beckys Mutter angerufen und ihr Bescheid gegeben und gefragt, ob ich für eine Woche dort Mittag essen konnte, bis Oma mit Ruben zurückkam. Und als ich das erste Mal dort aß, redete Beckys Mama ganz normal mit mir. Und überhaupt nicht mitleidig!
»Hör zu, Louise, Becky hat dir bestimmt erzählt, dass meine eigene Mutter an Krebs gestorben ist, oder?«
Becky wurde rot und ich zuckte die Achseln. »Hmhm.«
»Das hat aber nichts zu bedeuten. Damals, als meine Mutter Krebs bekam, waren die Ärzte noch lange nicht so weit wie heute. Heute haben sie viel bessere Medikamente. Hätten sie die damals schon gehabt, dann wäre Oma wahrscheinlich auch wieder gesund geworden.«
Becky und ich sahen uns an. Der Gedanke war uns noch gar nicht gekommen.
»Das ist jetzt eine schwere Zeit für deine Mutter und euch alle«, sagte Beckys Mama. »Aber das Wichtigste ist, dass du dir nicht zu große Sorgen um deine Mama machst.«
»Das versuche ich ja.«

»Weißt du, Louise, Angst ist nämlich ansteckend. Und mit Angst ist niemandem geholfen. Die lähmt einen bloß! Man muss zuversichtlich in die Zukunft blicken, egal, was ist. Und Louise, wenn ihr Hilfe braucht – wir helfen euch gerne, Becky und ich. Ihr müsst nur Bescheid sagen.«
Ich musste noch lange über das nachdenken, was Beckys Mama gesagt hatte, über das mit der Angst. Und ich glaube, Beckys Mama hatte recht. Angst ist wirklich ansteckend. Und wenn alle Angst haben, tut keiner mehr was. Dann sitzen alle nur rum und fürchten sich. Und das hilft ja niemandem. Mama jedenfalls hat es bestimmt nicht geholfen.

Mama musste nicht nur drei oder vier Wochen im Krankenhaus bleiben, sondern sogar fünf. Und die ganze Zeit über bekam sie diese starken Medikamente. Und noch etwas bekam Mama: Bestrahlungen. Dazu musste sie sich in einem kleinen Raum auf eine Bank legen und dann wurde sie mit superstarken Röntgenstrahlen bestrahlt. Das sollte die Krebszellen, die vielleicht irgendwo in Mamas Körper herumwanderten, abtöten. Und weil ihr davon ganz schlecht wurde, musste sie eben noch länger im Krankenhaus bleiben.
Das war ja alles schon schlimm genug. Aber noch schlimmer war, dass Ruben und ich Mama mehr als eine Woche lang nicht sehen durften. Papa wollte das nicht.
»Mama braucht viel Ruhe«, sagte er. »Sie schläft fast die ganze Zeit. Glaubt mir, es ist besser, wenn wir sie ein bisschen in Ruhe lassen. Hinterher, wenn es ihr besser geht, können wir sie wieder öfter besuchen.«
Aber das »wir« galt nur für Ruben und mich. Papa sel-

ber fuhr nämlich jeden Tag nach Feierabend zu Mama ins Krankenhaus und danach kam er zum Abendessen nach Hause. Oma, die in der Zwischenzeit mit Ruben zurückgekommen war, machte all unsere Lieblingsgerichte: Pfannkuchen und Buttermilchsuppe mit Klößchen oder Spaghetti mit Tomatensoße. Aber ich hätte auch jeden Abend Zwieback gegessen, wenn ich stattdessen Mama öfters hätte besuchen dürfen.

Ich war ziemlich froh, dass Oma und Ruben wieder da waren. In letzter Zeit hatte ich mich ein bisschen einsam gefühlt, obwohl Janni öfters vorbeischaute. Aber jetzt war es wieder viel gemütlicher zu Hause, und nach dem Abendbrot saßen Oma, Papa, Ruben und ich immer noch eine Weile am Tisch und spielten etwas oder redeten miteinander: darüber, was wir unternehmen wollten, wenn Mama wieder da war, und wohin wir vielleicht im Sommer in Urlaub fahren würden. Über solche Dinge redeten wir viel. Und wir sprachen ständig von Mama. Nur über den Krebs, darüber sprachen wir nie. Erst dachte ich, dass Oma und Papa das nicht wollten, damit Ruben nichts mitbekäme, aber mit der Zeit bekam ich das Gefühl, dass sie einfach gar nicht darüber reden wollten. Denn mittlerweile war sogar Ruben klar geworden, dass Mama keine Grippe hatte, wie Oma und Papa ihm zu Anfang erklärt hatten. Und irgendwie hatte er trotz aller Heimlichtuerei aufgeschnappt, dass Mama mit Krebs im Krankenhaus lag. Was das bedeutete, kapierte er allerdings nicht ganz.

»Was macht Mama denn mit dem Krebs im Krankenhaus? Schläft der mit ihr in einem Bett?«, fragte er mich eines Abends. Ich hatte mich zu ihm gelegt, um ihm noch ein bisschen aus dem Pu-der-Bär-Buch vorzulesen. Das

machte ich oft, seit Mama im Krankenhaus lag. Dann fühlte ich mich nicht so allein.
»Das ist kein normaler Krebs, Ruben. Das ist eine Krankheit. Krebs, das ist so ein kleiner Knubbel unter Mamas Arm.«
Ruben guckte mich ungläubig an. »Aber wie kann der denn in Mama drin sein? Der kriegt doch gar keine Luft!«
»Na ja, das ist ja auch gar kein richtiges Tier. Das heißt nur so. Der Knubbel heißt Krebs«, versuchte ich zu erklären.
Ruben nahm seinen Plüschhasen fest in die Arme und runzelte die Stirn. »Und der macht Mama krank?«
»Ja, genau. Der Knubbel-Krebs macht Mama krank. Deshalb war sie auch immer so müde.«
»Und bleibt der Krebs jetzt für immer in Mama wohnen?«
Ich mochte Ruben nicht erzählen, dass die Ärzte den Knubbel aus Mama rausgeschnitten hatten. Ich glaube, das hätte ihm Angst gemacht. Deshalb sagte ich: »Nein. Mama kriegt Medikamente, damit der Knubbel-Krebs weggeht.«
»Und wo geht der dann hin?«
»Ich weiß nicht«, sagte ich. »Ich glaube, der stirbt. Und dann zerfällt er zu Staub.«
Ruben starrte mich an. »Muss Mama denn auch sterben?«
»Nein. Mama nicht. Nur der Krebs.«
»Ach so.« Ruben überlegte eine Weile. »Gut, dass Mama unsere T-Shirts hat, nicht wahr? Obwohl, meinen Hasen hätte ich ihr auch gegeben. Ehrlich.« Er betrachtete seinen Hasen und dann tippte er auf das Pu-der-Bär-Buch. »Liest du noch was vor?«

»Klar«, sagte ich. Und dann las ich da weiter, wo ich aufgehört hatte. Aber ich hatte gar keine richtige Lust mehr dazu. Zum Glück schlief Ruben bald darauf ein. Ich legte das Buch auf den Boden, kuschelte mich an ihn und zog die Decke über uns beide. Und dann schlief ich auch ein.

Endlich durfte ich Mama wieder besuchen. Die ersten beiden Male lag sie matt und müde im Bett und sah ganz zerbrechlich aus. Aber sie lächelte, als sie mich sah.
»Ich muss mich gesund schlafen, meine Kleine«, flüsterte sie und nickte gleich wieder ein, und ich hielt eine ganze Weile ihre Hand und sah ihr beim Schlafen zu. Papa holte sich währenddessen einen Kaffee und dann hörte ich ihn auf dem Flur mit den Krankenschwestern reden. Die waren eigentlich alle ganz nett. Aber eine von ihnen mochte ich besonders. Vielleicht auch, weil sie nicht wie die anderen leise durchs Zimmer huschte, sondern ab und zu auch mit mir redete. Sie war groß und ein bisschen dick und hatte eine laute, fröhliche Stimme.
»Na, Louise, hältst du Wache? Fein von dir. Deine Mutter muss ganz, ganz viel schlafen, damit sie gesund wird.«
Dann strich sie mir übers Haar und ging wieder raus.
Bei meinem dritten Besuch war Mama wach. Sie saß aufrecht im Bett und las, als Papa und ich reinkamen. Sie sah irgendwie verändert aus, und im ersten Moment dachte ich, das läge daran, dass sie eine Mütze aufhatte, eine selbst gestrickte Wollmütze aus blauem Garn. Aber als ich mich auf die Bettkante setzte und ihr ins Gesicht sah, merkte ich, was so anders war: Mama hatte keine Augenbrauen mehr.
»Was ist denn mit deinen Augenbrauen passiert, Mama? Warum hast du die abrasiert?«

Papa räusperte sich hinter mir und sagte: »Ich hole mir schnell einen Kaffee.«
Mama nickte und sah ihm mit einem merkwürdigen Blick nach. Dann wandte sie sich mir zu.
»Die sind mir ausgefallen«, sagte sie. »Von den Medikamenten. Das ist immer so. Keine Sorge, die wachsen wieder nach. Ist doch lustig, mal so ganz ohne Haare.«
»Die Haare oben sind auch weg?«
Mama zog langsam die Mütze vom Kopf. Sie hatte tatsächlich keine Haare mehr auf dem Kopf. Nicht ein einziges Haar. Ich konnte gar nicht aufhören zu glotzen.
»Willste mal fühlen?«, fragte Mama und beugte den Kopf. »Fühlt sich an wie ein Kinderpopo. Wie der Popo von Ruben.«
Ich streckte langsam die Hand aus und berührte Mamas Kopf. Die Haut war wirklich ganz weich und ganz weiß obendrein. Wahrscheinlich, weil dort noch nie die Sonne draufgeschienen hatte.
»Na, was hab ich gesagt?«, fragte Mama und lächelte mich an. »Jetzt habe ich zwar keine Haare mehr auf dem Kopf, aber dafür geht's mir besser. Nächste Woche komme ich raus.«
Mir wurde ganz warm vor Freude. »Heißt das, du bist wieder gesund?«
Mama zuckte mit den Schultern. »Das wird sich noch zeigen. Auf jeden Fall viel gesünder als vorher.«
Und genau das stimmte ja auch: Mama war nicht gesund. Aber es ging ihr viel besser.

Ein paar Tage später wurde Mama entlassen. Als ich von der Schule nach Hause kam, war sie schon da und saß

im Wohnzimmer auf dem Sofa, eine Wolldecke über den Knien. Sie hatte eine von Papas Basecaps auf dem Kopf, und ich fand, dass sie toll damit aussah.
»Die steht dir aber gut! Die solltest du öfter mal tragen!«, rief ich und sprang auf ihren Schoß.
»Nicht so stürmisch, Louise! Deine Mutter muss sich noch schonen!«, mahnte Oma, und erschrocken rutschte ich schnell von Mamas Schoß runter.
Aber Mama zog mich wieder hoch und umarmte mich fest. »Na, so krank bin ich nun nicht, dass ich meine Louise nicht mehr auf dem Schoß haben könnte!« Sie küsste mich auf die Stirn und zog mich dicht an sich heran. War ich froh, Mama endlich wieder zu Hause zu haben!
Papa war gleich wieder losgefahren, um Ruben aus dem Kindergarten abzuholen. Als sie zurückkamen, hatte ich schon den Tisch fürs Mittagessen gedeckt.
»Na, jetzt sind wir endlich wieder komplett«, sagte Papa zufrieden, als wir alle saßen. Ruben und ich hatten unsere Stühle ganz dicht neben Mama geschoben und Ruben guckte Mama die ganze Zeit an.
»Du siehst aber komisch aus mit ohne Haare«, sagte er.
»Pscht!«, machte Oma. »So was sagt man doch nicht.«
»Also, meinetwegen kann er das ruhig sagen.« Mama schmunzelte und zog die Suppenschüssel auf unsere Tischseite herüber. »Wetten, die meisten Leute finden das auch? Aber die tuscheln vermutlich hinter vorgehaltener Hand.«
Mama versuchte, mir etwas Suppe in den Teller zu geben, aber dabei stieß sie mit ihrer Schulter an meine, weil wir so dicht beieinandersaßen.
»Puh, ist das eng hier. Wie im Hühnerstall!« Mama lachte und Ruben und ich fingen an zu kichern.

»Gackgack«, machte Ruben, und ich schwenkte meine Arme so, als ob sie Flügel wären. Dabei stieß ich Mama natürlich wieder an, und Mama rutschte gegen Ruben und wir kicherten noch lauter. Sogar Oma und Papa konnten sich ein Grinsen nicht verkneifen. Und bald gackerten wir alle wie die Hühner herum.

»Ich sehe schon, alles wie gehabt!«, rief Papa. Und dann kam er um den Tisch herum und gab Mama einen dicken Kuss mitten auf den Mund.

Also, dass alles beim Alten sei, das stimmte übrigens nicht so ganz. Es war nämlich noch schöner als früher!

Aber was Mama gesagt hatte, stimmte: Die Leute tuschelten tatsächlich hinter vorgehaltenen Händen.

»Ach, Frau Friedrich! Lange nicht gesehen. Wie schön, dass Sie wieder gesund sind!«, rief die Bäckersfrau, als Mama am nächsten Tag mit Ruben und mir einkaufen ging. »Gut sehen Sie aus!«

Aber als wir den Laden verlassen hatten, drehte ich mich noch einmal um und sah, wie sie sich über den Tresen beugte und eifrig mit der nächsten Kundin flüsterte.

Und unsere Nachbarinnen grüßten jetzt ganz besonders freundlich. Jedes Mal, wenn sie Mama und uns sahen, nickten und lächelten sie so breit, dass man alle Zähne sehen konnte. Und kaum waren wir vorbei, steckten sie die Köpfe zusammen. Einmal brachte ich den Müll raus und hörte, wie die Nachbarin von nebenan sich mit einer anderen am Zaun unterhielt: »Grauenhaft sieht das aus! Dass sie aber auch keine Perücke trägt! So würde ich jedenfalls nicht auf die Straße gehen!« Dann entdeckten sie mich und verstummten.

Wie wütend mich das machte! Aber Mama war das alles schnurzpiepegal. »Lass sie doch reden. Ist mir doch

schnuppe«, sagte sie und lachte.
Ich glaube, ihr machte das wirklich nichts aus. Sie ging mit hoch erhobenem Kopf an den Leuten vorbei und lächelte freundlich. Ich versuchte, es genauso zu machen, aber irgendwie kriegte ich das einfach nicht hin. Ich konnte es nicht ändern, die Leute machten mich fürchterlich wütend. Ich glaube, wenn irgendjemand mal direkt etwas zu mir gesagt hätte, wäre ich explodiert. Aber das passierte ja nicht. Dafür waren sie viel zu feige.
»Du musst es mal so sehen, Louise«, sagte Janni. »Die Leute erleben einfach zu wenig. Denen ist langweilig. Deshalb werden sie jetzt so lange über Mamas Glatze tratschen, bis irgendwas anderes passiert. Zum Beispiel, bis eine von ihnen beim Fensterputzen vom Hocker fällt.« Janni kicherte boshaft. »Spätestens hören sie mit dem Getratsche auf, sobald die Haare wieder nachgewachsen sind. Und bis dahin ist es ja nicht mehr lang.«

Janni hatte recht. Nach ein paar Wochen waren Mamas Haare wieder nachgewachsen und das Getratsche hörte auf. Vorher hatte Mama glatte, dunkle Haare gehabt, die ihr bis auf die Schultern reichten. Jetzt aber wuchsen ihr kleine Kringellocken!
»Das kommt von den Medikamenten«, erklärte Mama. »Also, mir gefällt das. Ich wollte schon immer Locken haben!« Manchmal stand sie vor dem Spiegel im Flur und betrachtete sich bewundernd.
Ich fand auch, dass ihre Locken wunderschön aussahen. Mama hatte jetzt fast genau solche Löckchen, wie Schwarze sie haben. Und mit den kurzen Haaren sah sie viel jünger aus als vorher und irgendwie frischer. Obwohl sie immer noch ziemlich blass um die Nase herum

war und Ringe unter den Augen hatte.
Und außerdem wurde Mama immer noch schnell müde. An manchen Tagen war sie so fidel wie eh und je, aber an anderen sah sie schon morgens, wenn wir frühstückten, ganz erschöpft aus. Zwischendurch musste sie sich oft hinlegen und ausruhen und ich nahm ihr so viel wie möglich ab. Ruben half auch mit. Er saugte mit Begeisterung Staub. Meistens saugte er sogar viel länger, als überhaupt nötig war. Aber Mama störte das nicht.
»Meinetwegen kann Ruben saugen, so viel er möchte. Hauptsache, ich muss es nicht machen«, sagte sie und streckte sich behaglich auf dem Sofa aus.
Dass Mama längst nicht so fit war wie früher, merkten wir auch daran, dass sie weniger unternehmen wollte. Zu Einkaufsbummeln in der Stadt, die wir früher öfter zusammen gemacht hatten, war sie jetzt oft zu müde. Dann gingen Ruben und ich mit Papa alleine, oder Nadja kam mit, Mamas Freundin. Seit Mama aus dem Krankenhaus wieder da war, schaute Nadja öfters vorbei. Meistens holte sie Ruben vom Kindergarten ab und machte dann gemeinsam mit Mama das Mittagessen. Manchmal wechselte sie sich dabei mit Janni ab. Aber Janni kam auch oft einfach so zu Besuch.
»Wie geht's meiner holden Königin?«, fragte er und hielt Mama einen Strauß Narzissen unter die Nase. Da musste Mama lachen. »Übertreib doch nicht so. Wie eine Königin seh ich nun wirklich nicht aus!«
»Für mich schon«, antwortete Janni. »Und außerdem: Auf das Innere kommt es an. Das Äußere ist nur Schein und Trug. Stimmt's, Prinzessin?«
Damit meinte er mich. Das war ja auch logisch. Schließlich bin ich die Tochter von Mama. Und wenn Mama Jan-

nis Königin ist, dann bin ich natürlich seine Prinzessin.
»Und wo ist mein kleiner Prinz?«, fragte Janni.
Da musste Mama schon wieder lachen. »Hörst du das nicht? Der saugt Staub. Wie es sich für einen richtigen Prinzen gehört! Und wir machen die Wäsche, wie es sich für eine Königin samt Prinzessin geziemt.«
»Na, dann brauche ich ja wohl gar nicht zu fragen, ob hier jemand mit mir Eis essen gehen möchte. Ich sehe, ihr seid viel zu beschäftigt dafür!«
Waren wir natürlich nicht. Eine Viertelstunde später saßen wir auch schon beim Italiener auf dem Marktplatz und warteten auf unsere Eisbecher – und auf Papa, dem wir einen Zettel hinterlassen hatten.
Aber zu solchen Unternehmungen war Mama nur manchmal bereit. Wie gesagt, meistens war sie zu müde dafür. Und als die Wochen vergingen, Ostern kam und vorbeiging und es immer noch nicht besser mit Mama geworden war, da fing ich wieder an, mir Sorgen zu machen.
»So richtig gesund bist du immer noch nicht, stimmt's?«, fragte ich Mama eines Sonntagmorgens. Papa war gerade mit Ruben in den Garten gegangen, um nachzugucken, ob die Petersilie schon wieder ein Stück gewachsen war. Danach wollten wir einen Spaziergang machen. Aber ohne Mama. Sie wollte zu Hause bleiben und einen Brief an Oma schreiben.
Mama zuckte mit den Schultern. »Es dauert eine Weile, bis man sich wieder erholt.«
»Aber so lange? So viele Wochen?«
Mama seufzte und hörte auf, in ihren Schreibtischschubladen herumzukramen. »Du weißt doch, dass ich regelmäßig zum Arzt gehe und mich untersuchen lasse. Und

der Arzt kann nichts feststellen.«
»Aber warum bist du dann immer noch so müde?«
Mama guckte mich an. Sie guckte mich ganz lange an, und das fand ich komisch. Sie guckte nämlich so, als ob sie überlegte, ob sie mir etwas erzählen sollte oder lieber doch nicht.
»Louise, wir können einfach nichts tun, außer abzuwarten«, antwortete sie schließlich. »Und inzwischen muss ich versuchen, wieder zu Kräften zu kommen. Ich muss mich viel schonen, weißt du. Und natürlich ein bisschen Spaß haben. Du weißt doch, Lachen ist gesund.«
Mama lächelte, aber ich war nicht beruhigt. »Ist denn der Krebs jetzt ganz weg oder nicht?«, fragte ich leise.
Wieder sah Mama mich ganz lange nachdenklich an. Dann seufzte sie leise. »Wenn ich ehrlich bin, Louise – ich weiß es nicht so genau. Die Ärzte untersuchen das immer, aber auch wenn sie nichts finden: Eine Garantie ist das nicht. Deshalb müssen wir ja auch abwarten.«
»Und wie lange?«
»Tja«, sagte Mama. »Wenn ich das wüsste! Es kann noch ein bisschen dauern. Aber mach dir keine Sorgen. Es sieht ganz so aus, als wäre das alles vorbei.«
Aber das war es eben leider nicht, wie sich ein paar Wochen später herausstellen sollte.

Kurz vor meinem zehnten Geburtstag fingen Mama und Papa an, sich seltsam zu benehmen. Mama wirkte auf einmal ganz zerstreut und Papa schien ständig wütend zu sein. Aber nicht etwa auf Mama oder Ruben oder mich oder sonst wen. Nein, einfach so. Am Sonntag vor meinem Geburtstag stand er stundenlang im Garten und hackte Kaminholz. Aber er hackte nicht so normal, wie man eben Holz hackt, sondern mit voller Wucht. Die Späne flogen nur so durch die Gegend und der Holzhaufen neben Papa wurde größer und größer. Becky, die gerade zu Besuch war, fragte mich kichernd, ob mein Vater sich auf die nächste Eiszeit vorbereitete. Ich fand das auch ziemlich komisch, aber Papas verschwitzter Rücken und sein puterrotes Gesicht jagten mir gleichzeitig auch ein bisschen Angst ein.

»Ich glaube, Papa ist böse«, sagte Ruben beim Abendbrot. Da stützte Papa die Ellbogen auf den Tisch und vergrub sein Gesicht in den Händen. Ruben und ich guckten ihn verwundert an, und nach ein paar Sekunden nahm Papa die Hände wieder weg und lächelte uns beide vorsichtig an. Ich fand, dass er aussah, als ob er sich schämte.

»Aber nein, ich bin nicht böse. Wieso sollte ich das sein?«

»Na, weil du gar nichts sagst und wie ein böser Riese das Holz gehackt hast«, erklärte Ruben.

Papa und Mama wechselten einen Blick. Dann sagte Papa: »Vielleicht bin ich doch ein bisschen wütend. Weil Mama bald wieder Medikamente kriegen muss, und das gefällt mir nicht.«

Ruben und ich starrten Mama an und Rubens Augen füllten sich mit Tränen.

»Du sollst nicht wieder ins Krankenhaus!«, schluchzte er. »Du sollst hierbleiben!«

Mama fuhr ihm mit der Hand übers Haar. »Ich gehe ja auch nicht ins Krankenhaus. Ich bleibe hier, bei euch. Ich muss nur wieder diese Medikamente kriegen, aber Papa bringt mich morgens hin und Janni oder Nadja holen mich mittags ab. Ihr werdet überhaupt nichts davon merken.«

Aus dem Augenwinkel sah ich, dass Papa den Kopf schüttelte und verdrießlich auf seinen Teller guckte. Aber Papa war nicht der Einzige, dem der Appetit vergangen war. Ich schob meinen Teller so weit von mir weg, wie es nur ging. Mein Bauch fühlte sich an, als sei er gerade eben blitzschnell zusammengeschrumpft. So klein fühlte er sich an, dass ich sicher war, dass dort nie wieder etwas zu essen hineinpassen würde. Noch nicht mal ein klitzekleines Stück Schokolade.

Der Krebs war also immer noch da. Später, als Ruben schon im Bett war, erklärte mir Mama, dass die Ärzte einen neuen Knoten festgestellt hatten. Diesmal konnten sie ihn nicht herausoperieren, weil er in der Lunge saß. Jetzt konnten nur noch die Medikamente helfen. Und Mama würde auch wieder Bestrahlungen bekommen.

Ich saß da und hörte mir an, was Mama mir erklärte. Und als sie sagte, dass ich mir keine Sorgen machen sollte, nickte ich. Aber insgeheim begann ich mich zu fragen, ob Mama wirklich jemals wieder ganz gesund werden würde.

Natürlich passte doch ein Stück Schokolade in meinen Bauch. Zu meinem Geburtstag bekam ich nämlich eine große Tafel meiner Lieblingsschokolade von Becky geschenkt, und ehe ich mich versah, hatte ich auch schon drei ganze Riegel davon gefuttert.

Außer Becky hatte ich Ruth eingeladen und Steffi und Jonas und Basti aus meiner Klasse und Janni natürlich. Weil es so warm war, konnten wir im Garten feiern. Eigentlich hatte ich mir gewünscht, dass meine Gäste alle bei uns übernachten durften, aber Mama hatte Nein gesagt.

»Verstehst du, das ist mir einfach zu viel«, hatte sie mir

erklärt, und ich hatte schnell nachgegeben, ohne viel zu murren. Klar verstand ich das. Trotzdem, ein bisschen traurig war ich schon. Aber Jannis Geschenk half mir ganz schnell über meinen Kummer hinweg: Er schenkte mir nämlich einen Gutschein über zwei Wochen Urlaub in Holland mit ihm!

»Du darfst dir aussuchen, wann wir fahren«, sagte Janni. »Natürlich muss ich da gerade auch Zeit haben. Aber wenn du es rechtzeitig vorher anmeldest, dann wird es schon klappen.«

Ich habe mich ganz doll gefreut über den Gutschein, sogar fast noch ein bisschen mehr als über die Inlineskates von Mama und Papa. Aber nie im Leben hätte ich gedacht, dass es so lange dauern sollte, bis ich ihn einlösen würde.

Am Montag nach meinem Geburtstag fing Mama mit der neuen Behandlung an. Zweimal wöchentlich musste sie einen ganzen Vormittag ins Krankenhaus, wo sie Medikamente und Bestrahlungen bekam. Zuerst war es auch wirklich so, wie Mama gesagt hatte: Ruben und ich merkten gar nichts davon. Mama war immer zu Hause, wenn wir mittags zurückkamen. Ich guckte sie mir genau an, aber sie sah ganz normal aus. Mama hatte sogar ziemlich gute Laune, sie pfiff ständig vor sich hin und sang beim Kochen. »Je mehr gute Gedanken ich mir mache, desto mehr hilft es«, erklärte sie mir. Also versuchte ich auch, mir möglichst viel gute Gedanken zu machen. Aber das war gar nicht so einfach.

Nach ein paar Tagen ging es Mama nämlich plötzlich gar nicht mehr gut. Sie musste ständig brechen und konnte nicht aufstehen. Deshalb kam fast jeden Tag jemand vorbei, um für uns zu sorgen und sich um Mama zu kümmern: Nadja, Janni oder Beckys Mutter.

»Das sind bloß die Nebenwirkungen«, sagte Nadja, als sie eines Nachmittags mit einem feuchten Waschlappen für Mama an mir vorbeiging. Aber sie machte dabei ein ganz besorgtes Gesicht. Also, wie in aller Welt sollte ich mir da keine Sorgen machen?

Ich saß oft bei Mama im Zimmer und las ihr was vor, aber meistens wollte sie lieber ihre Ruhe haben.

»Geh mit Ruben in den Garten, Louise. Das Wetter ist doch so schön«, flüsterte sie.

Meistens hatte ich keine Lust dazu, aber Nadja oder Beckys Mutter scheuchten mich und Ruben regelmäßig hinaus. Dann setzte ich mich draußen in die Sonne und machte die Augen zu. Manchmal träumte ich stundenlang so vor mich hin. Ich träumte davon, wie es sein würde, wenn Mama erst wieder gesund war. Aber manchmal träumte ich auch etwas ganz anderes: dass Mama immer kränker und kränker wurde. Und immer dünner und dünner, bis sie ganz durchscheinend aussah. In solchen Momenten machte ich die Augen schnell wieder auf. Und dann war ich verdammt froh, Ruben zu sehen, der im hellen Sonnenschein vor mir auf dem Rasen lag und mit seinen Dinosauriern spielte.

In der zweiten Woche ging es Mama etwas besser. Sie konnte auch wieder aufstehen. Aber dafür fielen ihr wieder die Haare aus. Erst waren es nur ein paar Löckchen, aber bald wurden es mehr und mehr. Schließlich trug sie wieder die Mütze von Papa, die sie beim letzten Mal auch schon aufgehabt hatte.

Mama ärgerte sich schrecklich darüber. »So was Doofes! Da hat man endlich mal genau die schicke Lockenfrisur, die man sich ein Lebtag gewünscht hat, und dann – schwupp! – ist alles schon wieder futsch!«

»Die wachsen doch bestimmt bald wieder nach«, tröstete ich sie, aber Mama kniff die Lippen zusammen. Im nächsten Moment jedoch funkelten ihre Augen.

»Wer weiß, was ich diesmal für Haare kriege! Womöglich stehen sie ab wie Stroh!«

Ich musste lachen. »Oder sie werden auf einmal knallrot!«

»Um Gottes willen!« Mama prustete. »Lieber rasiere ich sie mir wieder ab!«

»Oder vielleicht kriegst du auch gar keine Haare mehr«, sagte Ruben, und obwohl das ja eigentlich keine besonders lustige Vorstellung war, mussten wir alle drei ganz heftig kichern.

»Ich weiß ja nicht, ob euer Vater das so besonders hübsch finden würde!«, sagte Mama.

Mit Papa war das allerdings sowieso so eine Sache. Er sah immer noch ganz oft böse aus und er redete auch viel weniger als sonst. Meistens saß er still am Küchentisch und las irgendeine Zeitschrift, oder er hockte im Wohnzimmer und starrte aus dem Fenster, während der Fernseher lief. Und außerdem kam er jetzt wieder öfter später von der Arbeit nach Hause. Manchmal kam er sogar erst, wenn wir bereits Abendbrot gegessen hatten und Ruben schon im Bett lag. Dann war Papa immer ganz lieb und freundlich, aber es dauerte nicht lange, da hatte er sich wieder schweigend hinter seinen Zeitungen verkrochen.

Mama fragte Papa nie, warum er so spät kam. Vielleicht fiel es ihr auch gar nicht auf, denn wir hatten fast ständig Besuch. Neuerdings kam sogar ein Pfleger extra für Mama ins Haus, der von der Krankenkasse dafür bezahlt wurde, dass er vier Stunden am Tag die Hausarbeit für uns erledigte und Mama versorgte. Manuel sah zwar überhaupt nicht aus wie ein Krankenpfleger, aber er war trotzdem einer. Er hatte genauso kurze Haare wie Janni und auch einen kleinen goldenen Ring im linken Ohr. Manuel kam jeden Wochentag vormittags um zehn und blieb bis zwei. Mama, Ruben und ich mochten ihn gleich auf Anhieb.

Und Janni mochte ihn auch, das konnte ich sehen. Die beiden unterhielten sich nämlich immer ziemlich lange, wenn Janni zu Besuch kam. Aber nicht, dass Manuel dabei untätig die Hände in den Schoß legte. Nein, er kochte und putzte und brachte Mama Tee und Haferschleim und ihre Pillen, und Janni marschierte immerzu hinter ihm her.

»Du magst Manuel wohl ziemlich gerne, was?«, fragte ich Janni eines Mittags. Da wurde er ein bisschen rot.

»Och, ja. Aber er ist ja auch nett, oder nicht?«

»Klar«, sagte ich. »Aber ich glaube, du findest ihn ganz besonders nett.«

Janni wurde noch röter. Das fand ich ziemlich lustig, weil ich Janni so gut wie noch nie verlegen gesehen hatte.

»Ist Manuel denn auch schwul?«, fragte ich. Aber Janni musste mir gar nicht mehr darauf antworten, denn in dem Moment kam Manuel mit einem Tablett um die Ecke.

»Du hast es erfasst«, sagte er schmunzelnd und fing an, das schmutzige Geschirr in die Spüle zu stellen. Janni war immer noch rot im Gesicht und guckte angestrengt auf seine Schuhe. Und ich machte, dass ich rauskam. Allerdings blieb ich ein bisschen hinter der Tür stehen und lauschte. Aber Janni und Manuel sagten erst mal keinen Ton mehr. Ich hörte eine ganze Weile lang nur Geschirrklappern und dann Manuels Stimme: »Du brauchst nicht verlegen zu sein. Ich finde dich auch ganz besonders nett.«

Da war mir klar, dass Manuel vorhin ebenso gelauscht hatte wie ich gerade jetzt.

Eigentlich waren die sechs Wochen, in denen Manuel kam, ziemlich lustig. Wir hatten alle viel Spaß, auch wenn Mama sich die meiste Zeit nicht besonders gut fühlte. Sie lag im Wohnzimmer auf dem Sofa oder manchmal im Garten und schlief unheimlich viel.

Nur Papa, der benahm sich immer noch komisch. Eines Abends hörte ich vom Bett aus, wie er und Mama sich unterhielten. Erst konnte ich nicht verstehen, was sie sagten, aber dann wurde Papa plötzlich laut.

»Es tut mir leid, aber ich kann es nicht ertragen, so hilflos danebenzustehen«, sagte er.

Mama murmelte eine unverständliche Antwort und Papa schluchzte auf.

»Nein!«, rief er. »Darauf kann ich mich nicht einstellen. Und das werde ich auch nicht. Niemals!«

Dann war alles still. Und nach einer Weile hörte ich ein seltsames Geräusch, das ich erst gar nicht erkannte. Es klang so, als ob eine Maus ganz leise pfiff. Und dann kapierte ich, was das für ein merkwürdiges Geräusch war: Papa weinte.

Mama stirbt nicht und basta!

Nach sechs Wochen war Mamas Behandlung zu Ende. Manuels Zeit bei uns war damit auch vorbei. Aber es ging Mama trotzdem nicht besser. Sie war immer noch ständig müde und außerdem war sie ziemlich dünn geworden. Verdammt dünn sogar. So dünn, dass ich ihre Knochen spüren konnte, wenn ich sie umarmte.

Wenn mich eine der Nachbarinnen oder Frau Augustin, meine neue Lehrerin, fragte, wie es Mama ginge, wusste ich nicht so richtig, was ich darauf antworten sollte. »Es geht«, sagte ich meistens, und dann schüttelten sie bedeutungsvoll den Kopf und seufzten leise.

»Man darf die Hoffnung nicht verlieren«, sagte Frau Augustin manchmal. Das fand ich unheimlich. Es klang so, als ob es im Grunde nämlich doch hoffnungslos sei. Und so was wollte ich nicht denken. Mama dachte ja schließlich auch nicht so.

»Nein«, sagte sie, als ich sie fragte, ob der Krebs denn nun endlich weg sei. »Der Krebs ist nicht weg. Aber er schläft. Das ist schon mal gut.«

Aber ich verstand nicht, wieso Mama keine Medikamente und Bestrahlungen mehr bekam, obwohl der Krebs doch nicht weg war.

»Und jetzt? Was passiert jetzt?«

»Geduld, Louise«, antwortete Mama. »Du kennst doch den Spruch: Gut Ding will Weile haben.«
»Mama, wirst du denn wieder richtig gesund?«
»Tja«, sagte Mama. »Das hoffe ich doch stark!« Und dann zwinkerte sie mir zu.
Ruben und ich hatten uns schon irgendwie daran gewöhnt, dass Mama krank war. Allmählich konnten wir uns kaum noch daran erinnern, dass es vor noch gar nicht so langer Zeit anders gewesen war. Jetzt war es fast normal, dass Mama immer schnell müde wurde und dass sie oft zu Hause blieb, wenn wir etwas unternehmen wollten. Wir machten jetzt eher Sachen mit Mama, die nicht so anstrengend waren: lesen, Fotos angucken, im Garten liegen und Karten spielen.
Und deswegen waren Ruben und ich auch nicht besonders enttäuscht, als Papa und Mama beschlossen, dass wir auch in diesem Sommer nicht nach Spanien fahren würden.
»Was haltet ihr davon, wenn wir stattdessen zu Oma und Opa fahren?«, fragte Papa.
»Au ja!«, brüllte Ruben und hopste vor Freude im Wohnzimmer herum.
»Wir alle zusammen?«, fragte ich nach.
Mama und Papa wechselten einen Blick und dann sagte Papa: »Erst wir alle zusammen für eine Woche und dann bleibst du mit Ruben noch ein bisschen da.«
»Und ihr fahrt wieder zurück?«
»Ich muss arbeiten«, erklärte Papa, und Mama zuckte mit den Schultern. »Ich kann nicht so lange wegbleiben. Ich muss doch regelmäßig zum Arzt.«
»Dann will ich auch wieder mit zurück«, sagte ich mit fester Stimme.
Augenblicklich hörte Ruben auf zu hopsen und sah uns

alle der Reihe nach an. »Ich auch. Ich will auch wieder mit. Ich will bei Mama bleiben.«
Papa verdrehte die Augen. Mama sagte: »Das sehen wir noch, okay?«
Es endete dann doch damit, dass Mama und Papa nach einer Woche zurückfuhren und Ruben und ich bei Oma und Opa blieben. Sosehr ich auch bat und bettelte, Papa blieb hart.
»Ihr bleibt beide hier und Schluss jetzt. Mama und ich brauchen mal ein bisschen Zeit für uns allein.«
Dagegen konnte ich natürlich schlecht etwas sagen. Aber blöd fand ich's trotzdem.
Normalerweise war ich ja gerne bei Oma und Opa, aber diesmal wurde mir die Zeit unheimlich lang. An Opas Kaninchen hatte ich mich bald satt gesehen und nach zwei Wochen machte mir das Canastaspielen mit Oma auch keinen Spaß mehr. Das Einzige, was mir so richtig gefiel, war das Baden. Von Oma und Opas Haus aus musste man nämlich nur eine Viertelstunde quer durch den Wald laufen und schon war man an einem wunderschönen Badesee.
Eine Ecke des Sandstrandes war für Kleinkinder abgeteilt. Dort plätscherte Ruben mit Oma und ein paar anderen Kindern herum, während ich weiter hinausschwamm. Oft legte ich mich auf den Rücken und ließ mich einfach treiben. Die Sonne schien auf mich herunter und das Wasser schwappte sanft an meinen Beinen und Armen entlang. Dann war es so, als ob alles Schwere von mir abfiel, auch die schweren Gedanken.
Als wir endlich wieder nach Hause durften und Papa Ruben und mich vom Bahnhof abholte, hatte ich gleich ein mulmiges Gefühl. Papa sah grau im Gesicht aus und er

hatte auf einmal kleine Falten um die Mundwinkel herum. Aber nicht solche, die vom Lachen kommen.
»Wollte Mama uns gar nicht mit abholen?«, fragte ich als Erstes.
»Nein«, sagte Papa und nahm meine Tasche. »Mama ist wieder im Krankenhaus.«
Ruben und ich waren ganz still während der kurzen Fahrt nach Hause. Wir sagten beide keinen Ton und guckten aus dem Fenster, und nach einer Weile drehte Papa sich zu uns um.
»Wie war es denn? War es noch schön? Habt ihr schön gebadet?«
»Hmhm«, machte ich. Ruben antwortete überhaupt nicht. Papa sah mich an und dann Ruben, der immer noch aus dem Fenster guckte, dann drehte er sich wieder nach vorne.
»Ich kann's doch nicht ändern, Kinder«, sagte er.
Ich starrte auf Papas breiten Rücken, und dann spürte ich Rubens Hand in meiner und drückte sie ganz fest.
Nadja war zu Hause, als wir ankamen. Sie hatte Brote gemacht und Tee, aber weder Ruben noch ich hatten Hunger. Ruben kramte wortlos seinen Hasen aus dem Rucksack und wollte nach oben in sein Zimmer gehen, aber Papa hielt ihn zurück.
»Setzt euch beide mal hin und esst was. Ich will mit euch reden.«
Ruben und ich gehorchten und setzten uns auf unsere Plätze. Nadja setzte sich auch hin. Sie nahm den Stuhl, auf dem Mama immer saß, und das störte mich gewaltig.
»Das ist Mamas Stuhl«, sagte ich. Nadja wurde ein bisschen rot, aber sie blieb sitzen.
»Eure Mama hat bestimmt nichts dagegen, dass ich hier

sitze.« Sie lächelte, und gleich schämte ich mich ein wenig. Nadja konnte ja nichts dafür, dass ich lieber Mama dagehabt hätte als sie. Außerdem hatte sie bestimmt recht. Schließlich war Nadja Mamas Freundin.

»Also«, sagte Papa. »Mama musste vorgestern wieder ins Krankenhaus, weil es ihr gar nicht gut ging.«

Ruben und ich sahen ihn stumm an. Papa räusperte sich. »Ich soll euch sagen, dass ihr euch keine Sorgen machen sollt und dass sie so schnell wie möglich wieder nach Hause kommt.«

»Wann denn?«, fragte Ruben mit zittriger Stimme.

Papa betrachtete seine Fingernägel. »Ein paar Wochen wird das wohl dauern.«

»Wir dachten, dass Ruben erst mal mit zu mir kommt«, warf Nadja schnell ein. »Wenn er mag.«

Ruben schwieg. Er drückte seinen Hasen fest an die Brust und kniff die Augen zusammen.

»Ich möchte Mama sehen«, sagte ich leise. Ich konnte gar nicht richtig reden, weil ich auf einmal einen dicken Kloß im Hals hatte.

»Ich auch«, flüsterte Ruben.

Papa verschränkte die Hände ineinander und räusperte sich wieder. »Ich fürchte, das geht nicht so schnell. Mama ist nämlich nicht hier im Krankenhaus. Sie ist in einem Krankenhaus in Hamburg. In einem Extra-Krankenhaus für Leute, die Krebs haben.«

Plötzlich fing Ruben an zu weinen und Nadja sprang auf und nahm ihn in die Arme. Papa sah furchtbar unglücklich aus.

»Nächste Woche fahren wir gleich hin. Heute ist Donnerstag, und Montag fahren wir Mama besuchen, einverstanden? Und nachher rufen wir bei ihr an.«

Und das machten wir auch. Mamas Stimme klang ganz schwach durchs Telefon. »Ich weiß, das ist kein schöner Empfang, mein Schatz. Aber versprich mir, dass du nicht zu traurig bist. Das kann ich nämlich gar nicht gebrauchen. Es hilft mir viel mehr, wenn du fröhlich bist und lachst.«

»Ich weiß«, antwortete ich. Aber ich hatte immer noch diesen dicken Kloß im Hals.

»Du musst Ruben überreden, dass er mit zu Nadja geht. Da kommt er auf andere Gedanken.«

»Mach ich. Mama?«

»Ja, meine Süße?«

»Was ist denn, wenn der Krebs nie mehr weggeht?«

Mama schwieg einen Moment, dann sagte sie: »Da reden wir drüber, wenn ihr am Montag kommt. Und weißt du, was du mir unbedingt mitbringen musst?«

»Die T-Shirts von Ruben und mir«, flüsterte ich.

»Was für ein cleveres Mädchen!«, sagte Mama. »Genau die! Sonst kann ich nicht so gut von euch träumen.« Sie klang so munter, dass mir gleich ein wenig wohler zumute wurde.

Am Abend, als Ruben dann nach einigem Gezeter doch mit zu Nadja gefahren war, setzte Papa sich zu mir ans Bett. »Ich habe mir freigenommen, so lange, wie Mama im Krankenhaus ist«, sagte er. »Aber vielleicht möchtest du ja deinen Gutschein von Janni einlösen und nach Holland fahren?«

»Nein. Ich will lieber hierbleiben. Und Mama besuchen fahren.«

Papa nahm meine Hand. »Das wird nicht so oft gehen. Hamburg ist ziemlich weit weg.«

»Können wir nicht einfach zwei oder drei Wochen in Hamburg im Hotel wohnen? Oder in einer Pension? Wir könnten doch so tun, als würden wir da Urlaub machen. Dann könnten wir Mama jeden Tag besuchen.«
Papa schmunzelte, aber er wurde gleich wieder ernst. »Das geht nicht. Das ist viel zu teuer. Und außerdem, was sollen wir denn die ganze Zeit da machen?«
»Mama besuchen. Und abends lese ich was. Ruben schläft und du guckst fern. Das tust du doch hier auch.«
Papa sah ein bisschen bestürzt aus. »Nein, Louise. Das geht einfach nicht. Außerdem braucht Mama ganz viel Ruhe. Es ist besser, wir bleiben hier und fahren ab und zu hin.«
Dann küsste er mich auf beide Wangen und stand auf. »Schlaf schön. Wenn was ist, ich bin unten. Du brauchst nur zu rufen.«
Papa ließ die Tür angelehnt, als er hinausging. Ich zog die Decke über mich und nahm mein Kopfkissen in die Arme. Aber ich konnte lange nicht einschlafen. Ich musste an Mama denken, die jetzt irgendwo in einem Krankenhauszimmer lag. Ich fragte mich, ob sie vielleicht gerade an mich dachte. Sie würde sich bestimmt nicht darüber freuen, wenn sie wüsste, dass ich hier in meinem Bett lag und so traurig war.
»Nacht, Mama«, flüsterte ich. Ich stellte mir vor, dass sie mir zuzwinkerte, und ein bisschen musste ich darüber lächeln. Und dann schlief ich ein.

Am nächsten Morgen wurde ich wach, weil Janni sich auf meine Bettkante setzte.
»Morgen, Prinzessin«, sagte er munter. »Kleiner Ausflug gefällig? Ich will das Wasserschloss Holstenburg foto-

grafieren. Da darf eine waschechte Prinzessin natürlich nicht fehlen.«

»Ich muss erst Papa fragen«, sagte ich verschlafen und setzte mich auf.

»Schon erledigt. Kakao und Cornflakes stehen auf dem Küchentisch. Die gnädige Frau braucht sich nur noch anzuziehen.«

Janni hatte noch gar nicht zu Ende geredet, da war ich schon aus dem Bett gesprungen.

»Übrigens, ich soll dich schön von Manuel grüßen«, sagte Janni. »Fast wäre er auch mitgekommen, aber dann hatte er doch etwas anderes zu tun.«

»Manuel? Wo hast du den denn getroffen?«

»Ach, wir sehen uns ab und zu«, antwortete Janni.

»Hab ich doch gleich gesagt, dass er dir gefällt! Seid ihr jetzt ein Liebespaar oder nur Freunde?«

Janni grinste. »Na, eher ein Liebespaar, würde ich sagen. Aber noch nicht weitererzählen, es ist noch ganz frisch!«

»Versprochen!« Ich zog meine Turnschuhe an. Endlich mal ein Tag, der mit lauter guten Neuigkeiten anfing!

Das Wasserschloss Holstenburg war eine halbe Stunde mit dem Auto entfernt. Die Burg war uralt und aus dunklen, mächtigen Steinen gebaut und sie stand auf einer Insel mitten in einem Teich. Auf dem grünlich schimmernden Wasser schwammen Enten. Sogar ein paar Küken paddelten herum.

Janni baute seine Kamera auf und ich half ihm dabei.

»Moment, noch ein bisschen nach links!«, rief Janni.

Mit vereinten Kräften verschoben wir die Kamera auf ihrem Stativ und Janni lugte zufrieden durch die Linse.

»Wunderbar. Das dauert jetzt ein Weilchen. Mach es dir so lange bequem.«

Ich legte mich ein Stück entfernt ins Gras, zog meine Turnschuhe aus und sah Janni bei der Arbeit zu. Er machte ein ganz verbissenes Gesicht, und jedes Mal, wenn er auf den Auslöser gedrückt hatte, murmelte er etwas in sich hinein. Als er einen ganzen Film verknipst hatte, kam er zu mir herüber und ließ sich neben mir ins Gras fallen.

»So, und du willst also deinen Gutschein immer noch nicht einlösen und mit mir nach Holland fahren? Überleg es dir gut. Ich hätte jetzt nämlich zwei Wochen Zeit.«

»Ich will erst fahren, wenn Mama wieder gesund ist.«

Janni riss einen Grashalm ab und steckte ihn sich in den Mundwinkel. »Das kann noch ziemlich lange dauern.«

»Was meinst du, wie lange?«

Janni rollte sich auf die Seite und guckte mich an. »Ich weiß es nicht, Louise. Vielleicht sehr lange.«

»Und was ist, wenn sie niemals mehr gesund wird?«

Ich hatte schon wieder diesen blöden Kloß im Hals. Und dann stellte ich Janni diese eine Frage, die mir schon seit einiger Zeit ständig im Kopf herumspukte. »Glaubst du, Mama wird sterben, Janni?«

»Sterben müssen wir alle irgendwann.« Janni spuckte den Grashalm aus und riss einen neuen ab.

»Das weiß ich«, sagte ich verärgert. »Aber was ist mit Mama?«

Janni stützte das Kinn in die Hand. »Es kann sein, dass sie wieder gesund wird. Aber es kann auch sein, dass sie nicht wieder gesund wird.«

»Und wenn sie nicht wieder gesund wird, dann heißt das, dass sie sterben wird.«

»Tja«, sagte Janni. »Das heißt es wohl. Es ist möglich, ja.«

Es war schrecklich, das zu hören, aber irgendwie tat es auch gut. Alle redeten immer nur über das Gesundwerden. Keiner hatte je vom Sterben gesprochen. Dabei war es doch das, was mir am meisten Angst machte: dass Mama sterben könnte.

»Aber deine Mutter«, fügte Janni hinzu, »das ist eine Kämpfernatur. Die gibt nicht so schnell auf.«

»Glaubst du, Mama hat Angst?«

Janni nickte. »Jeder hat Angst vorm Sterben. Weil wir nicht wissen, was danach kommt. Das ist ganz natürlich. Aber vielleicht fragst du sie das selber.«

»Ich glaube, Papa hat auch Angst«, sagte ich. »Er benimmt sich ganz komisch.«

»Ja«, sagte Janni. »Das ist mir auch schon aufgefallen. Ich glaube, er kann das alles nicht so gut aushalten.«

»Meinst du, er rechnet damit, dass Mama sterben könnte?«

»Kann sein.« Janni seufzte tief auf. »Kein Mensch redet gerne über das Sterben. Die meisten Leute haben Angst, darüber zu reden, weil sie denken, dass sie es damit heraufbeschwören. Aber ich glaube das nicht. Ich denke, wenn es an der Zeit ist, sollte man darüber reden. Damit man sich drauf einstellen kann.«

»Aber woher weiß man, dass es an der Zeit ist?«

Janni kratzte sich am Ohr. »Ehrlich gesagt, genau weiß ich das nicht. Ich glaube aber, dass man es einfach spürt.«

Ich blieb still auf dem Rücken liegen und sah in den Himmel. Nicht die kleinste Wolke war zu sehen. Nur die Sonne. Sie strahlte auf Janni und mich hinunter und allmählich wurde mir schrecklich heiß.

Ich stand auf und ging zum Teich hinüber. Dort setzte ich mich an den Rand und steckte langsam meine Füße ins Wasser. Die Enten beäugten mich neugierig. Eine von ihnen löste sich von den anderen und schwamm schnat-

ternd zu mir herüber.
Ich ließ mir durch den Kopf gehen, was Janni gerade gesagt hatte. Ob man es wirklich spürte, wenn die Zeit gekommen war? Ich dachte an Mama und versuchte gleichzeitig, in mich hineinzuhorchen. Fühlte es sich denn so an, als ob Mama sterben würde? Aber alles, was ich fühlte, war eine ganz große Traurigkeit. Ich kniff die Augen zusammen, weil ich Angst hatte, sonst weinen zu müssen.
Als ich sie wieder aufmachte, war die neugierige Ente ganz dicht herangekommen. Leise quakend paddelte sie vor meinen Füßen hin und her. Und hinter ihr kamen die Küken angeschwommen, eins nach dem anderen, so schnell, wie sie nur konnten. Als ich die kleinen flauschigen Federbälle so ansah, wie sie aufgeregt ihrer Mutter hinterherpaddelten, merkte ich, dass mir die Tränen nur so herunterliefen.
»He!«, flüsterte Janni hinter mir. Er hockte sich hinter mich und nahm mich fest in die Arme.
»Sogar die Küken haben eine Mutter«, schniefte ich. »Ich will meine Mama auch behalten!«
Janni wiegte mich in seinen Armen. »Klar«, sagte er leise. »Aber deine Mama wird immer deine Mama bleiben, egal, was passiert. Und meinst du nicht, dass sie das ziemlich traurig finden würde, wenn sie dich jetzt so sehen würde?«
»Das ist mir egal!«, schluchzte ich und wischte mir die Tränen ab.
Aber natürlich war es mir nicht egal. Und Janni auch nicht.
»Na, mir aber nicht! Ich finde, wir sollten deiner Mama lieber eine Freude machen, statt Trübsal zu blasen.«
»Wie denn?«

Die Küken hatten sich um ihre Entenmutter geschart. Und da diese offensichtlich begriffen hatte, dass es bei Janni und mir nichts zu holen gab, schwammen sie langsam alle miteinander wieder davon.
»Wir machen jetzt ein paar schöne Fotos von dir. Die Prinzessin vor ihrem Schloss, darüber freut sich die Königin sicher, was meinst du?«
»Aber ich seh doch ganz verheult aus!«
Janni lachte. Und dann schöpfte er eine Handvoll Wasser aus dem Teich und spritzte es mir ins Gesicht.
»Das ist gemein!« Ich griff nach ihm, aber Janni sprang schnell auf und rannte davon. Und ich lief wie der Blitz hinter ihm her. Aber ich kriegte ihn nicht. Kein Wunder, Janni hat schließlich viel längere Beine als ich!

Mama fand die Fotos ganz toll. »Du siehst genauso aus wie ich, als ich in deinem Alter war«, sagte sie und hielt Papa ein Foto hin, auf dem ich mit klatschnassem T-Shirt und einem breiten Grinsen im Gesicht vor dem Wasserschloss stehe. »Guck mal, stimmt doch, oder?«
Papa zuckte mit den Schultern. »In dem Alter habe ich dich doch noch gar nicht gekannt. Und ich finde, ehrlich gesagt, dass Louise mir viel ähnlicher sieht.«
Ich musste lachen. Seit ich denken konnte, stritten Papa und Mama sich darüber, wer von uns Kindern wem ähnlicher sah. Ich für meinen Teil finde, dass ich einfach aussehe wie ich. Die blonden Haare habe ich allerdings von Papa und die grünen Augen von Mama. Ruben hingegen hat genauso dunkle Haare wie Mama. Dafür sind seine Augen so blau wie die von Papa.
Mama schüttelte missbilligend den Kopf und legte die Fotos beiseite, neben die Kuschel-T-Shirts, die Ruben

und ich ihr mitgebracht hatten. Und dann musste sie husten. Sie hustete sogar ziemlich doll und ihr blasses Gesicht lief dabei ganz rot an.
»Na, so was!«, sagte sie, als sie wieder zu Atem gekommen war. »Mein Gott, guckt doch nicht so erschrocken! Man wird doch wohl noch mal husten dürfen!«
Papa stand auf und streckte sich. »Ich werde mir mal …«
»… einen Kaffee holen«, brachte ich seinen Satz zu Ende. Mama schmunzelte und Papa lächelte verlegen.
»Genau. Ruben, kommst du mit?«
Ruben nickte heftig. Er langweilte sich sowieso schon seit einer Weile. Wir waren vor einer Stunde angekommen, und jetzt war er es offensichtlich leid, bei dem schönen Wetter die ganze Zeit in Mamas kleinem Krankenhauszimmer zu hocken.
Als Papa und Ruben verschwunden waren, verschränkte Mama die Hände hinter dem Kopf und sah mich prüfend an. »Raus mit der Sprache. Du hast doch was auf dem Herzen.«
Dass Mama mir das aber auch immer ansehen konnte! Ich druckste ein bisschen herum. »Ich … ich hab neulich mit Janni geredet, und da …«
»Na, was denn?«, fragte Mama ruhig. Wenn man sie so richtig betrachtete, sah sie eigentlich ziemlich gut gelaunt aus. Obwohl sie ganz dünn geworden war. Und schwach. Ich hatte bemerkt, dass sie Mühe gehabt hatte, das Tablett mit ihrem Glas wegzustellen, als wir vorhin hereingekommen waren.
Mama guckte mich immer noch forschend an. Ich gab mir einen Ruck. Aber die Worte wollten einfach nicht aus meinem Mund herauskommen.
Mama half mir. »Als wir telefoniert haben, hast du ge-

fragt, was denn ist, wenn der Krebs nie mehr weggeht«, sagte sie. »Und da wollten wir drüber reden. Ist es das, was du auf dem Herzen hast?«
»Ja«, flüsterte ich. Ich war froh, dass es endlich heraus war. Mama beugte sich vor und nahm mich in die Arme. Ich drückte mich an sie und vergrub mein Gesicht an ihrem weichen Hals. Wie ich das vermisst hatte!
»Hat Janni dir gesagt, dass ich vielleicht sterben werde?«, fragte Mama leise. Ich nickte. Schon wieder hatte ich diesen dämlichen Kloß im Hals.
»Janni hat recht. Es ist möglich, dass ich nicht mehr gesund werde. Die Ärzte können nicht mehr viel für mich tun. Weißt du, der Krebs ist wieder gewachsen. Er ist an so vielen Stellen in meinem Körper, dass man ihn nicht mehr herausoperieren kann. Und es sieht fast so aus, als ob die Medikamente auch nicht mehr helfen.«
Ich drückte mich ganz eng an Mama und kniff die Augen zusammen. Mama strich mir über den Kopf.
»Janni sagt, dass man spürt, wenn es so weit ist«, flüsterte ich.
»Dass man sterben muss?«, fragte Mama.
Ich nickte. Mama nickte auch. »Das kann sein. Ich habe hier einige Leute kennengelernt, die das sagen. Wichtig ist, dass man darüber reden kann.«
»Aber das tut ja keiner! Alle sagen immer nur, dass du wieder gesund wirst. Sogar Papa.«
»Ich weiß«, sagte Mama. »Papa will es nicht wahrhaben, dass ich vielleicht sterben könnte. Papa braucht seine Zeit dafür.«
»Hast du Angst, Mama?«
Mama holte tief Luft und ich konnte hören, wie es in ihrer Brust rasselte. »Erst hatte ich sehr große Angst. Aber

langsam gewöhne ich mich an den Gedanken, dass ich vielleicht nicht mehr lange leben werde. Und außerdem glaube ich, dass der Tod nichts Schreckliches ist. Vielleicht kommt etwas ganz, ganz Schönes danach. Vielleicht werde ich ein Stern am Himmel und sehe zu euch hinunter.«
Das klang irgendwie ganz schön. Ein Stern am Himmel, das konnte nichts Schlimmes sein, oder? Sterne sind schön. Sterne leuchten und sind immer da, ob man sie sieht oder nicht.
»Aber ich bin dann ganz allein«, sagte ich.
»Nein«, antwortete Mama. »Du bist nicht allein. Du hast Papa und Ruben und Janni und Becky. Du wirst noch viele Menschen kennenlernen in deinem Leben. Du wirst nie allein sein. Und mich verlierst du ja nicht. Ich werde immer da sein. In deinem Herzen und in deinen Gedanken. Und am Himmel über dir leuchten.«
Mama fing an zu husten, aber diesmal war es nur ein kurzes Husten. »Aber so weit ist es noch gar nicht«, sagte sie dann. »Einstweilen habe ich noch nicht vor zu sterben. Jetzt wird erst mal noch weiter gekämpft.«
So, wie sie dasaß, mit blitzenden Augen und zerwühltem Haar, glaubte ich ihr das aufs Wort.
Mama nahm meine Hände fest in ihre. »Hör zu, Louise, wir schließen einen Pakt. Du hörst auf, immer so traurig zu sein. Und ich sage dir Bescheid, wenn ich spüre, dass es so weit ist. Dass wir anfangen sollten, Abschied zu nehmen. Einverstanden?«
»Einverstanden«, antwortete ich.
Mama lächelte. »Und dann wünsche ich mir noch was von dir.«
»Was denn?«
»Dass du mit mir gemeinsam was gegen die Angst tust.«

»Aber wie denn?«
»Na, indem wir sie manchmal einfach weglachen«, sagte Mama. »Schließlich können wir das ziemlich gut, oder nicht? Einfach weglachen, die Angst.«
»Einverstanden«, sagte ich zum zweiten Mal. Mama hielt mir die Hand hin und ich schlug ein. Aber ganz vorsichtig. Um ihr nicht wehzutun, natürlich.

Von da an fühlte ich mich irgendwie besser. Immer, wenn ich anfing, mir große Sorgen zu machen, dachte ich daran, was Mama und ich einander versprochen hatten. Und deshalb schaffte ich es, nicht allzu traurig zu sein, als Mama nach den Sommerferien immer noch nicht wieder aus dem Krankenhaus zurück war. Die Ärzte wollten sie noch nicht entlassen. Und wann es so weit sein würde, darüber sagten sie nichts.
Einmal in der Woche fuhren Papa, Ruben und ich also ins Krankenhaus und besuchten Mama. Jedes Mal sah sie dünner aus und noch blasser als vorher, und sie hustete immer doller. Aber sie blinzelte mir immer zu und hielt den Daumen hoch, und das beruhigte mich sehr.
Ich glaube, mir ging es sogar besser als Papa. Papa wurde nämlich immer stiller. Einmal hatte ich versucht, mit ihm darüber zu reden, dass Mama vielleicht sterben würde. Aber Papa wollte absolut nichts davon wissen.
»Papperlapapp! Mama stirbt nicht und basta! An so was sollst du noch nicht einmal denken«, sagte er verärgert. Und dann holte er sich eine Flasche Bier aus dem Kühlschrank und setzte sich vor den Fernseher.
Früher hat Papa nur selten mal Bier getrunken oder ein Glas Wein. Aber seit Mama wieder im Krankenhaus war, kam das ziemlich oft vor. Nicht, dass Papa betrunken war

und unsicher ging oder lallte oder so. Nein, das nicht. Aber an manchen Abenden saß er bis tief in die Nacht hinein vorm Fernseher, starrte aus dem Fenster und trank ein Bier nach dem anderen. Das weiß ich, weil ich manchmal nachts aufwachte und mich leise die Treppe hinunterschlich. Und da sah ich Papa dann immer sitzen. Einige Male überlegte ich, ob ich zu ihm hingehen sollte, aber dann ließ ich es sein. Ich weiß auch nicht, warum. Ich glaube, ich hatte einfach das Gefühl, dass Papa allein sein wollte.

Ich war richtig froh, dass die Schule wieder angefangen hatte. In der fünften Klasse bekamen wir jetzt Englischunterricht, und das machte mir großen Spaß. Und überhaupt, endlich war wieder was los!

Ruben fand es auch prima, wieder in den Kindergarten gehen zu können. Allerdings besuchte er jetzt einen anderen Kindergarten, wo er bis um vier Uhr bleiben konnte. Das gefiel ihm ziemlich gut: »Zu Hause ist es immer so still«, sagte er.

Seit Papa wieder arbeitete, hatte Ruben den Rest der Ferien abwechselnd zu Hause und bei Nadja verbracht. Wenn er zu Hause gewesen war, war Nadja tagsüber vorbeigekommen, um uns etwas zu Mittag zu machen und sich um Ruben zu kümmern. Oma war zwischendurch für ein paar Tage angereist und manchmal war Ruben auch zu unserer Nachbarin von schräg gegenüber gegangen. Die hatte einen Sohn, der genauso alt war wie Ruben.

Aber ich, ich war die ganze Zeit zu Hause gewesen. Ausgenommen die Tage, an denen Janni mich für einen Ausflug abgeholt hatte. Dreimal hatte ich auch bei ihm schlafen dürfen. Das waren die schönsten Tage in den ganzen

Ferien gewesen, außer natürlich jene, an denen wir Mama besucht hatten.
»Und dein Papa hat gar nichts mit euch unternommen?«, fragte Becky mich am ersten Schultag in der großen Pause.
»Nee«, sagte ich. »Nach Hamburg sind wir gefahren. Mama besuchen. Aber sonst?« Ich überlegte und Becky sah mich fragend an.
»Nein, sonst nichts.« Komisch eigentlich. Früher hatten wir viele Sachen gemacht, alle zusammen: Ausflüge und baden fahren, an einen See oder ins Schwimmbad, und zelten am Meer. Einmal hatten wir sogar eine dreitägige Fahrradtour durch den Harz gemacht. Aber seit Mama krank war, war eben alles anders.
»Ich glaube, Papa ist zu traurig, um irgendwas zu unternehmen.«
Becky schüttelte den Kopf. »Aber du nicht.«
»Nein«, sagte ich. »Ich hab's Mama doch versprochen.«
»Find ich gut«, sagte Becky und schob ihre neue Sonnenbrille ein Stückchen höher auf die Nase. Becky war mit ihrer Mama in der Türkei gewesen und knackebraun geworden. Sie war erst am Tag zuvor zurückgekommen. Sogar geflogen war sie! Darauf war ich ein bisschen neidisch. Ich war noch nie geflogen. Nach Spanien, da hatten wir hinfliegen wollen. Aber daraus war ja nichts geworden.
»Dann kannst du doch wieder bei uns essen, bis deine Mama wieder aus dem Krankenhaus ist«, sagte Becky.
Papa war froh darüber. Jetzt konnte er nämlich Ruben direkt nach der Arbeit vom Kindergarten abholen und mitbringen. Und Nadja brauchte mittags auch nicht mehr zu kommen.

Also ging ich nach der Schule immer mit zu Becky und aß dort zu Mittag und danach blieb ich meistens noch ein Weilchen. Beckys Mama war sehr lieb zu mir. Sie sagte, ich könnte immer kommen, wann ich wollte, und so lange bleiben, wie ich Lust hatte.
Aber manchmal lief ich trotzdem direkt nach dem Mittagessen nach Hause. Dann wanderte ich durch alle Zimmer und versuchte mir vorzustellen, wie es wäre, wenn Mama nie mehr zurückkäme. Wenn Mama nie mehr in der Küche stehen oder an ihrem Schreibtisch sitzen würde. Aber ich konnte mir das nicht so richtig vorstellen. Und meistens rannte ich irgendwann die Treppe rauf in Mamas und Papas Schlafzimmer und verkroch mich im Bett. Die Kissen und Laken dufteten immer noch ein biss-chen nach Mama, jedenfalls bildete ich mir das ein. Und wenn ich die Augen fest zumachte, konnte ich mir richtig vorstellen, dass Mama neben mir lag und schlief. Ich blieb immer so lange im Bett, bis unten die Tür klappte und ich hörte, wie Ruben und Papa nach mir riefen.
Eines Tages klingelte es, als ich es mir gerade in Mamas und Papas Bett so richtig gemütlich gemacht hatte. Ich sprang auf und rannte die Treppe hinunter und machte die Tür auf, und da stand Janni und grinste mich an. Aber er war nicht allein gekommen: Hinter ihm stand Manuel und hielt einen großen Blumenstrauß in den Händen.
»He, Prinzessin!«, sagte Janni und marschierte schnurstracks an mir vorbei in die Küche. Manuel streckte mir die Blumen entgegen.
»Für mich?«, fragte ich verwundert. Noch nie hatte mir jemand einen Blumenstrauß geschenkt, und schon gar nicht so einen großen!
»Die Hälfte. Die andere Hälfte ist für deine Mama.«

»Aber Mama ist doch im Krankenhaus!«
»Nicht mehr lange!«, rief Janni. »Ich habe gerade mit ihr telefoniert. Morgen kommt sie nach Hause.«
»Und da dachten wir uns, dass wir das Haus mal ein bisschen herrichten«, sagte Manuel und verschwand ebenfalls in der Küche.
Ich war ganz benommen, als ich den beiden nachlief. »Ist das wahr?«, fragte ich Janni, der schon dabei war, Teewasser aufzusetzen.
»Aber sicher! Hab ich dich jemals belogen?« Janni ließ den Wasserkessel stehen, fasste mich unter die Arme und wirbelte mich einmal quer durch die Luft.
»Ist Mama denn auf einmal gesund?« Das konnte ich gar nicht so richtig glauben. Beim letzten Besuch vor vier Tagen hatte sie schlimmer gehustet als zuvor.
»Nein, das nicht. Aber sie findet, krank sein kann sie auch zu Hause. Stimmt doch, oder?«
Als Papa und Ruben nach Hause kamen, hatten wir das ganze Haus blitzblank geputzt. Überall in den Zimmern standen Blumen verteilt und es roch so frisch wie schon lange nicht mehr.
»Was ist denn hier los?«, fragte Papa erstaunt.
»Mama kommt morgen nach Hause!«, rief ich. Ruben stieß einen Freudenschrei aus und sprang Janni geradewegs in die Arme. Aber Papa schien sich gar nicht besonders zu freuen.
»Was soll das heißen?«, fragte er Janni. »Will sie etwa auf eigene Faust nach Hause? Gegen den Rat der Ärzte?«
Janni nickte.
Papa sah ihn nachdenklich an und dann schüttelte er den Kopf. »Na gut«, sagte er. »Ich habe die ganze Zeit versucht, es ihr auszureden, aber wenn sie sich dazu ent-

schieden hat …«
»Eben«, antwortete Janni. »Freu dich doch einfach! Deine Frau kommt morgen nach Hause!«
Ein kleines Lächeln erschien auf Papas Lippen. Dann sah er Manuel an, der Ruben gerade den Brotkorb in die Hand drückte. »Ob die Krankenkasse Manuel unter diesen Umständen bezahlt?«
Ich glaube, Papa hatte nur laut vor sich hin gedacht. Aber Manuel hatte ihn gehört. Er drehte sich um und lächelte Papa an.
»Keine Sorge, ich werde auch ohne Geld mal nach dem Rechten schauen. Immerhin gehöre ich jetzt ja auch ein bisschen zur Familie.«
Papa blinzelte verdutzt. Man konnte richtig zugucken, wie er angestrengt nachdachte. Dann ging ihm ein Licht auf und er sah von Janni zu Manuel und wieder zurück.
»Na, so was!«, sagte er dann. »Ihr beide! Wer hätte das gedacht?«
Janni zeigte auf mich. »Louise! Louise hat sich das gleich gedacht. Die hat schon gespürt, dass Manuel und ich uns mögen, bevor wir selber es wussten.«
»Weibliche Intuition«, sagte Papa und grinste. Ich wusste nicht genau, was das Wort bedeutete. Aber es klang ziemlich gut. Und eins war mir klar: Manche Sachen spürt man eben, egal, ob die Leute das Gegenteil beteuern. Wenn Leute sich lieben, zum Beispiel. Und vielleicht auch, wenn jemand stirbt.

Obwohl wir viel Spaß beim Abendbrot hatten, konnte Papa sich im Gegensatz zu uns anderen anscheinend trotzdem nicht so recht darüber freuen, dass Mama mor-

gen nach Hause kommen würde. Irgendwie wirkte er bedrückt und in sich gekehrt. Und nachdem Manuel sich verabschiedet hatte, verzog Papa sich schnell ins Wohnzimmer. Janni brachte erst Ruben ins Bett und dann mich.
»Schlaf gut, Prinzessin«, sagte er und strich mir übers Haar. »Ich bleib noch ein bisschen bei deinem Vater.«
Als Janni gegangen war, sah ich zum Fenster hinaus. Am Himmel leuchteten ein paar Sterne. Ich sah sie so lange an, bis mir die Augen zufielen.
Irgendwann später wachte ich wieder auf, weil ich laute Stimmen von unten hörte. Papa sagte etwas und dann hörte ich Janni antworten, aber ich konnte nicht genau verstehen, was sie sagten. Ich versuchte, wieder einzuschlafen, aber schließlich war ich doch zu neugierig. Leise stand ich auf und schlich mich nach unten.
Die Tür zum Wohnzimmer stand einen Spalt offen. Papa saß mit dem Rücken zu mir im Sessel und Janni hockte ihm gegenüber auf dem Sofa. Auf dem Tisch zwischen ihnen standen ein paar leere Bierflaschen. Ich zählte sie: Fünf waren es, und ich überlegte, wie viel Janni wohl davon getrunken haben mochte und wie viel Papa. Aber dann sah ich, dass Janni ein Glas Wasser in der Hand hielt. Janni bemerkte mich nicht. Er guckte die ganze Zeit Papa an.
»Sie gibt einfach auf«, flüsterte Papa. Ich wusste sofort, dass er von Mama redete. Papas Stimme klang ganz brüchig.
»Tut sie gar nicht«, sagte Janni. »Warum soll sie weiter im Krankenhaus bleiben, wenn sie dort doch nichts für sie tun können? Ich kann das verstehen.«
»Aber wenn sie die Medikamente nicht mehr nimmt, dann vertut sie ihre letzte Chance.«

Janni schüttelte energisch den Kopf. »Die Medikamente schaden ihr mehr, als dass sie ihr nützen. Diese ganzen Nebenwirkungen! Und der Krebs wächst weiter und weiter. Marie meint, dass nur sie selber sich noch helfen kann. Und sie möchte bei euch sein.«

Marie – seit Ewigkeiten hatte ich Mamas Namen nicht mehr gehört. Na klar: Nur für mich und Ruben war sie Mama, für alle anderen Marie. Dadurch, dass Janni ihren Namen aussprach, wurde mir irgendwie besonders klar, dass ich Janni und Papa gerade belauschte. Ich schämte mich ein wenig, aber ich konnte einfach nicht in mein Bett zurück. Gerade jetzt nicht, wo endlich einmal offen über Mama und den Krebs geredet wurde.

Papa vergrub sein Gesicht in den Händen. »Ich kann das nicht ertragen. Dass sie nach Hause kommt, um zu sterben.«

»Das stimmt nicht!«, widersprach Janni. »Sie kommt nach Hause, um mit euch zu leben. Solange sie noch Zeit dazu hat.«

Mir war auf einmal ganz komisch im Magen. Ich hockte mich vorsichtig hin und schlang die Arme um meine Beine. Janni blickte auf, und einen Moment lang dachte ich, er hätte mich gesehen. Aber das hatte er nicht. Denn er sah wieder Papa an.

»So geht das nicht weiter, Holger«, sagte Janni leise. »Du bist niemandem eine Hilfe, wenn du nur dasitzt und trinkst. Und dich selber bedauerst!«

»Was weißt du denn schon davon!«, brauste Papa auf. »Du hast doch keine Ahnung, wie es ist, wenn man eine Familie hat. Und wenn man zugucken muss, wie alles auseinanderbricht, ohne dass man was dagegen tun kann!«

Jannis Augen wurden ganz schmal, das konnte ich sogar aus der Entfernung sehen. »Und ob ich das weiß! Meinst du etwa, ich verstehe nichts von Liebe? Denkst du, nur weil ich schwul bin und keine eigene Familie habe, wüsste ich nicht, wie weh das alles tut?«
Papa ließ den Kopf hängen.
»Ich kenne Marie länger, als du sie kennst«, fuhr Janni fort. Seine Stimme klang jetzt ganz ruhig. »Ich kenne die Kinder, seit sie auf der Welt sind. Und ich liebe sie alle drei. Du gehörst auch dazu. Ihr seid auch meine Familie!«
»Ja«, murmelte Papa. »Das weiß ich. Tut mir leid.«
»Mach es nicht schwerer, als es schon ist, Holger«, sagte Janni. »Marie braucht dich. Sie braucht deine Unterstützung. Und die Kinder brauchen dich auch.«
Papas Schultern zuckten. Ich konnte nur seinen Rücken sehen, aber ich wusste, dass er zu weinen angefangen hatte. Janni sah ihn an, und dann stand er auf und ging zu ihm. Er nahm Papa fest in die Arme und nach einem Moment legte Papa seine Arme ganz fest um Janni.
Ich mochte mich nicht rühren. Am liebsten wäre ich wieder ganz leise hinauf in mein Bett gekrochen, aber gerade als ich aufstehen wollte, sagte Janni ganz ruhig: »Komm her, Louise. Ich weiß, dass du da bist.«
Auf wackeligen Beinen schob ich mich hoch und ging langsam ins Wohnzimmer. Papa sah zu mir auf und ich konnte die Tränen in seinen Augen sehen. Aber er lächelte und streckte die Arme aus.
»Du hast gelauscht«, sagte er. Es klang gar nicht böse.
Ich nickte und da lächelte Papa noch mehr. Vorsichtig schmiegte ich mich in seine Arme und er drückte mich fest an sich.
»Das schaffen wir schon«, flüsterte Papa. »Zusammen

schaffen wir das. Und jetzt bringen Janni und ich dich ins Bett.«
Als ich diesmal einschlief, hatte ich ein warmes Gefühl im Bauch.

Im Nachhinein glaube ich, dass Papa ein bisschen eifersüchtig auf Janni gewesen ist. Es stimmte ja, dass Janni Mama schon viel länger kannte als Papa. Und vor allem: Janni und Mama hatten immer unheimlich viel Spaß miteinander. Von Anfang an bis zum Schluss.
Damals, nach dieser Nacht, in der Janni mich beim Lauschen erwischt hatte, habe ich ihn gefragt, ob er meint, dass Papa eifersüchtig auf ihn sei.
»Kann sein«, sagte Janni. »Aber am besten ist, du fragst ihn selber.«
Janni sagt das jedes Mal: dass man die Leute selber fragen soll, wenn man wissen will, was sie denken und fühlen. Und ich finde eigentlich, dass er damit recht hat. Ich meine, jemand anders kann das ja wirklich nicht wissen, oder?
Also habe ich Papa danach gefragt. Papa hat erst ein wenig überlegen müssen und dann hat er genickt.
»Es stimmt. Ich war ein bisschen eifersüchtig auf Janni. Manchmal fand ich, dass die beiden einfach immer die leichten Sachen hatten und Mama und ich die schweren. Mama und ich hatten eben auch viele Sorgen. Wir hatten zusammen die Verantwortung für die ganze Familie. Wir mussten uns um Geld Gedanken machen und um euch. Und da hat man eben nicht immer Spaß und gute Laune zusammen.«
»Aber Mama und Janni hatten doch auch nicht nur Spaß! Janni hat sich ja schließlich auch um uns gekümmert.«

»Ja, das ist wahr«, sagte Papa. »Aber das habe ich damals nicht immer so gesehen. Das ist mir erst später so richtig klar geworden. Erst als Janni mit mir geredet hat, an diesem Abend, bevor Mama aus Hamburg zurückkam. Erinnerst du dich?« Und dann lachte Papa. »Weißt du was, Louise? Manchmal war ich wirklich heilfroh, dass Janni schwul ist. Sonst hätte ich ja noch viel eifersüchtiger sein müssen, so dicke, wie Janni und Mama immer miteinander waren.«
Ich finde ja eigentlich nicht, dass Papa wirklich eifersüchtiger hätte sein müssen, wenn Janni nicht schwul wäre. Denn ich glaube, dass Mama und Janni so oder so ganz dicke Freunde gewesen wären. Freunde, nicht Verliebte! Aber Papa sieht das offensichtlich nicht so wie ich.
Jedenfalls war ich heilfroh, dass Janni mit Papa geredet hatte. Denn danach war Papa nicht mehr so komisch wie vorher. Das hielt zwar nicht sehr lange an, aber erst mal war ich ganz schön erleichtert. Er trank nicht mehr so viel Bier und er sah nicht mehr andauernd so bedrückt aus. Außerdem redete er wieder viel mehr mit uns.

Janni und Manuel holten Mama aus Hamburg ab. Ich war so aufgeregt, dass ich etwas tat, was ich vorher so gut wie noch nie gemacht hatte: Ich schwänzte die letzten beiden Unterrichtsstunden. Ich sagte einfach zu Frau Augustin, dass mir nicht gut sei, und prompt schickte sie mich nach Hause. Ich glaube, sie hätte ganz schöne Augen gemacht, wenn sie gesehen hätte, wie ich geflitzt bin!
Allerdings bin ich nicht gleich nach Hause gelaufen, sondern zuerst bei Rubens Kindergarten vorbei. Ruben wartete schon auf mich und gemeinsam rannten wir die ganze Strecke quer durch die halbe Stadt bis nach Hause.

Und da saß Mama ganz gemütlich mit Janni und Manuel im Garten und trank Tee. Mann, waren wir froh, sie zu sehen!
»Nanu, wo kommt ihr beide denn her?«, fragte Janni verdutzt. Weder Ruben noch ich antworteten ihm. Wir stürzten beide zu Mama und umarmten sie so fest, dass sie nach Luft schnappte.
»Vorsicht!«, keuchte sie hustend, und im nächsten Moment packte Janni mich am Kragen, während Manuel dasselbe mit Ruben machte.
»Vorsichtig!«, fuhr Janni uns an. »Wenn ich noch einmal sehe, dass ihr eurer Mutter wehtut, dann könnt ihr was erleben!«
Ruben und ich waren ganz schön erschrocken. So böse hatten wir Janni noch nie erlebt. Seine blauen Augen blitzten drohend, aber nur für einen Moment. Dann sah er auf einmal ein bisschen traurig aus.
»Tut mir leid«, sagte er, »aber es ist nun mal nicht mehr so wie früher. Ihr müsst eure Mutter von nun an sehr vorsichtig behandeln, versteht ihr das?«
Ruben und ich nickten kleinlaut und warfen Mama einen schuldbewussten Blick zu.
Mama lächelte. »Also noch mal von vorne!«, sagte sie und winkte uns zu sich heran. Und Ruben und ich machten, dass wir in ihre Arme kamen, diesmal ganz vorsichtig.
»Ich habe beschlossen, dass ich lieber bei euch sein will als im Krankenhaus«, sagte Mama, als wir uns fürs Erste genug umarmt hatten.
»Klar! Weil du nämlich findest, dass du genauso gut zu Hause krank sein kannst!«, rief ich, und da sah Mama mich amüsiert an.
»Seit wann kannst du denn Gedanken lesen, Louise?«

Ich wurde rot. Schließlich hatte ich das ja beim Lauschen aufgeschnappt, und das wollte ich Mama nun nicht gerade auf die Nase binden. Schnell guckte ich zu Janni, aber der tat so, als würde er interessiert unseren Ahornbaum betrachten.

»Egal, jedenfalls hast du recht. Aber das heißt, dass ihr beide mir ganz viel helfen müsst.« Mama fing wieder an zu husten. In ihrer Brust rasselte es so laut, dass mir ganz bange zumute wurde. Als Mama wieder zu Atem gekommen war, sprach sie weiter.

»Janni wird uns auch helfen. Und Manuel hat angeboten, zwei- bis dreimal die Woche vorbeizukommen und das Haus sauber zu halten. Den Rest müssen wir tun. Alle zusammen.«

»No problem«, antwortete ich, und Mama sah mich verdutzt an. Dann lächelte sie. »Stimmt, du lernst ja jetzt Englisch!«

Ich kam nicht dazu, Mama weitere Kostproben zu geben, denn Janni schaltete sich ein. »Und mit dem Helfen können wir gleich mal anfangen: Ihr beide deckt jetzt den Tisch und dann wird gegessen!«

Zehn Minuten später saßen wir alle um den Gartentisch und aßen Spaghetti mit Tomatensoße, die Manuel gekocht hatte. Alle, bis auf Mama. Die hatte nämlich keinen Hunger.

»Die Aufregung«, erklärte sie uns. »Ich kriege einfach nichts runter!«

Aber ich glaube, jeder von uns wusste, dass das nur eine Ausrede war. Man brauchte sich Mama nämlich nur anzugucken: Sie war unheimlich dünn geworden. Ganz dünne Ärmchen hatte sie bekommen. Da waren meine eigenen kräftiger!

Janni sah Mama kopfschüttelnd an. »Einverstanden. Aber ab morgen isst du wieder vernünftig! Du musst schließlich wieder zu Kräften kommen!«
Der Spruch mit den Kräften war lieb gemeint, aber genützt hat er nichts. Von da an hat Mama nie mehr so richtig gegessen. Sie hatte einfach keinen Hunger mehr. Und schon gar keinen Appetit! Aber das ist oft so bei schwer kranken Menschen. Und Mama war nun mal schwer krank. Auch wenn wir alle das am liebsten nicht wahrgehabt hätten. Es ließ sich einfach nicht mehr übersehen.

Am nächsten Morgen machte Ruben so ein Theater, dass Mama ihm schließlich erlaubte, zu Hause zu bleiben. Ich muss sagen, da war ich ganz schön neidisch! Immerhin war ich diejenige, die die ganzen Wochen über allein zu Hause geblieben war. Ruben war immer versorgt gewesen – im Kindergarten, bei der Nachbarin oder bei Nadja. Für Ruben war immer jemand da, der sich um ihn kümmerte. Und jetzt durfte er sogar bei Mama bleiben, während ich in die Schule musste!
Aber so viel ich auch bat und bettelte, Mama hatte kein Erbarmen mit mir. »Nein, Louise. Du gehst zur Schule und basta. Am besten ist, wenn alles ganz normal weitergeht.« Mama fuhr mir durchs Haar. »Ab nächste Woche geht Ruben auch wieder in den Kindergarten. Und außerdem willst du doch nicht den Anschluss in Englisch verlieren, nicht wahr?«
Klar wollte ich das nicht. Englisch war nämlich vom ersten Tage an mein Lieblingsfach geworden. Aber auch, wenn nicht, was blieb mir denn anderes übrig, als zu gehorchen?

Also schlenderte ich am Morgen betont langsam zur Schule und rannte nach Schulschluss in Windeseile zurück. Ruben und Mama warteten schon auf mich.
»Komm, wir gehen einkaufen!« Mama hakte mich unter und guckte mich im nächsten Moment ganz verblüfft an.
»Sag mal, du bist ja schon wieder gewachsen!«
Und da fiel es mir auch auf: Wir waren beide fast gleich groß! Das war vielleicht komisch!
Mama schüttelte den Kopf. »Was zwei Monate ausmachen können!«
Ich glaube, wir drei haben ziemlich lustig ausgesehen, als wir so die Straße runtermarschierten. Mama hatte sich nämlich, obwohl es erst Anfang Oktober und noch ziemlich warm war, ganz dick eingepackt. Sie trug zwei Paar dicke Wollsocken, eine lange Unterhose unter ihren Jeans und ihre dicke Winterjacke über einem Strickpulli, und auf ihrem Kopf saß eine von Papas Basecaps. Rechts und links hingen Ruben und ich wie zwei riesige Kletten an ihr dran.
Um keinen Preis wollten wir Mama loslassen, auch wenn der Bürgersteig gar nicht breit genug für uns war. Vor allem dann nicht, wenn eine Straßenlaterne im Weg stand. Also schlängelten wir uns alle drei drum herum, und jedes Mal mussten wir unheimlich kichern.
Mama hatte bald einen puterroten Kopf. »Also ehrlich, ich kann bald nicht mehr! Ich komme mir vor wie ein Lindwurm!«
»Ein Lindwurm mit drei Köpfen!«, prustete ich, und natürlich mussten wir alle drei noch mehr lachen. Und so ging es weiter. Unten beim Supermarkt waren wir so erschöpft, dass wir uns erst mal gegen die Wand lehnen

und ein Weilchen verschnaufen mussten, bevor wir reingehen konnten.
»Ach, tut das gut!« Mama hielt sich hustend die Seiten. »Endlich mal wieder tüchtig zu lachen! Das hat mir vielleicht gefehlt!«
Der Supermarkt ist der einzige bei uns in der Gegend und deshalb kaufen alle aus unserem Viertel hier ein. Kein Wunder, dass wir lauter Bekannte trafen. Ständig mussten wir stehen bleiben und jemanden begrüßen.
»Frau Friedrich! Wie schön, Sie wieder zu sehen! Geht's Ihnen wieder besser, ja?«
»Ach, guten Tag! Wieder daheim?«
»Zum Glück haben Sie ja eine so große Tochter, die nimmt Ihnen sicher schon manches ab!«
Mama nickte immerzu freundlich und sagte ein paar Worte, aber ab und zu musste sie husten, und dann guckten die Leute ganz besorgt. Nach einer Weile war Mama ziemlich genervt.
»Kommt«, flüsterte sie uns zu, »Papa kann ja heute Abend noch mal richtig einkaufen. Ich habe keine Lust mehr. Wir gehen nur schnell noch zum Bäcker.«
Ruben maulte, weil er sich noch die Comichefte angucken wollte, aber ich zog ihn einfach zur Kasse.
»Puh!«, schimpfte Mama, als wir endlich draußen waren. »Ich wollte doch einfach nur einkaufen! Die Leute tun ja geradezu so, als sei man aus dem Grab wiederauferstanden!«
»Aber sie wollen doch nur nett sein!« Ruben sah Mama verwundert an.
»Ja, klar«, gab Mama zu. »Aber jedes Mal, wenn ich huste, gucken sie so erschrocken, als wäre ich in Wirklichkeit ein Skelett und hätte gerade mit den Knochen geklap-

pert. Das kann ich einfach nicht leiden. Und außerdem kommt mir das alles so unehrlich vor. Aber es ist ja auch schwierig für andere Leute, mit jemandem umzugehen, der Krebs hat.«

»Wieso eigentlich?«, fragte Ruben. Mama und ich guckten ihn beide an. Keiner von uns sagte was. Und ich glaube, je länger wir über Rubens Frage nachdachten, desto weniger wussten wir die Antwort darauf. Warum ist es denn wirklich so schwierig für die Leute? Jemand, der krank wird, ist doch nicht auf einmal ein anderer Mensch als vorher. Warum können die Leute dann nicht genauso normal zu ihm sein wie zuvor?

»Weil die Leute Angst haben, dass sie selber Krebs kriegen könnten. Ein schwer kranker Mensch erinnert einen immer daran, dass man selber auch eines Tages sterben muss«, sagte Mama schließlich, während wir langsam untergehakt zum Bäcker gingen. »Damit kommen die meisten Leute eben nicht klar. Das ist ein Tabu. Genau wie der Tod.«

»Was ist ein Tabu?«, fragte Ruben.

»Etwas, worüber man nicht redet. Eine Art Geheimnis, das aber trotzdem alle wissen. Man darf bloß nicht sagen, dass man es kennt.«

»So was Doofes!« Ruben schüttelte den Kopf. »Wozu soll so was denn gut sein?«

»Tja.« Mama zuckte mit den Schultern. »So ist das eben im Leben. Es gibt viele Sachen, die irgendwie gar keinen richtigen Sinn machen.« Und damit zog sie die Tür zum Bäcker auf und wir drei drängelten uns hinein. Gar nicht so einfach für einen Lindwurm mit drei Köpfen!

Der Bäckersfrau fielen fast die Augen aus dem Kopf. »Frau Friedrich! Na, so etwas! Ich dachte schon …«

Augenblicklich errötete sie und verstummte.
»Ja?«, fragte Mama freundlich. »Was dachten Sie schon?«
»Na, ich dachte schon, Sie kaufen Ihre Brötchen mittlerweile woanders.« Die Bäckersfrau kicherte albern, und ich fand, dass es irgendwie unecht klang. »Wie nett, dass Sie auch mal wieder reinschauen! Lange nicht gesehen. Was darf es denn sein?«
Ich merkte, dass Mama sich ganz schön ärgerte. Schon wieder so ein Getue! Normalerweise hatte Mama ein ganz glattes Gesicht, aber jetzt konnte ich eine steile Falte zwischen ihren Augen sehen. Die kam nur zum Vorschein, wenn Mama ärgerlich war.
»Wussten Sie denn nicht, dass ich im Krankenhaus war?«, fragte Mama. »Ich glaube, meine Tochter hat mir sogar Grüße von Ihnen ausrichten lassen. Oder irre ich mich?«
Die Bäckersfrau guckte ziemlich unsicher. »Doch, doch, das ist richtig, ich hatte davon gehört. Aber man weiß ja nie, was so dran ist an den Geschichten. Heute habe ich übrigens ein Rosinenbrot im Angebot, möchten Sie mal probieren?«
Mama und ich lehnten ab, aber Ruben streckte bereitwillig die Hand aus. Die Bäckersfrau reichte ihm eine kleine Scheibe und dann sah sie Mama erwartungsvoll an.
Mama seufzte ganz leise, und dann sagte sie: »Ein Roggenbrot und ein halbes Sonnenblumenbrot, bitte.«
Eifrig packte die Bäckersfrau das Gewünschte ein. Als sie es über die Theke reichte, lächelte sie Ruben und mich an.
»Und du bist ja schon so groß. Da passt du sicher immer schön auf deinen kleinen Bruder auf, wenn die Mama im Krankenhaus ist, nicht wahr?«

Ich wollte schon nicken, aber in diesem Moment platzte Mama der Kragen.
»Wissen Sie«, sagte sie und legte den Arm um meine Schultern, »Louise ist zwar groß für ihr Alter. Aber sie ist erst zehn. Das ist gerade mal alt genug, um ein bisschen auf sich selber aufzupassen.«
Auf dem Nachhauseweg musste ich noch eine ganze Weile über das nachdenken, was Mama gesagt hatte. Die Bäckersfrau hatte beschämt ausgesehen, als wir den Laden verlassen hatten. Sie hatte mir zwar fast leidgetan, aber trotzdem freute ich mich über Mamas Antwort. Anscheinend dachte nämlich alle Welt so wie die Bäckersfrau: dass man sich um Ruben kümmern musste, um mich aber nicht. Weil Ruben noch so klein war und ich schon so groß. Und stattdessen sollte ich mich auch noch um Ruben kümmern. Als ob nur Ruben es schwer hatte damit, dass Mama krank und ständig im Krankenhaus war!
Ich glaube fast, sogar Papa und Oma dachten so. Denn seit Mama krank war, hatten sie sich hauptsächlich mit Ruben beschäftigt, um ihn abzulenken. Die einzige Ausnahme war Janni. Janni kümmerte sich um mich. Aber Janni war ja sowieso anders!
Als Mama Papa später am Abend erzählte, was beim Einkaufen passiert war, sah Papa ziemlich nachdenklich drein. »Ich weiß nicht, ich weiß nicht! Die Leute meinen es doch nicht böse. Kannst du nicht einfach drüber wegsehen?«
Mama schüttelte heftig den Kopf. »Es ist mein Leben und ich will mich nicht verstellen müssen! Wenn ich etwas nicht richtig finde, dann sage ich das auch! Jetzt erst recht!«

Papa nickte ein bisschen unglücklich. Und dann zog er Mama in seine Arme und drückte sie fest. Das hatte er schon lange nicht mehr gemacht, und Ruben und ich warfen uns einen erstaunten Blick zu. Papa streichelte Mama übers Haar und schloss die Augen.

»Mach, wie du meinst, mein Schatz«, sagte er. »Du machst es schon richtig.«

Ich nahm Ruben bei der Hand, und leise schlichen wir aus dem Zimmer. Als wir uns an der Tür noch einmal umdrehten, sahen wir, dass auch Mama die Augen geschlossen hatte. Und beide, Papa und Mama, lächelten still vor sich hin. Da hatte ich das Gefühl, dass von nun an bessere Zeiten auf uns zukamen. Und das stimmte ja auch.

Bessere Zeiten

Eigentlich ist das ein bisschen schwer zu erklären, das mit den besseren Zeiten. Denn es war ja nicht etwa so, dass es Mama selbst wieder besser ging. Ganz im Gegenteil: Von Woche zu Woche wurde sie schwächer und ihr Husten wurde stärker. Mama konnte immer weniger machen. Meistens lag sie im Bett oder auf dem Sofa und ruhte sich aus. Und bald kam Manuel wieder jeden Tag für ein paar Stunden und wurde dafür auch wieder von der Krankenkasse bezahlt. Der Krebs wuchs und wuchs, und nichts, kein Medikament, keine Bestrahlung, kein Kräutermittel konnte ihn mehr aufhalten.

Aber trotzdem ging es uns allen zusammen besser als in dem Jahr davor. Wie das kam? Ich glaube, es hing damit zusammen, dass wir viel mehr über Mamas Kranksein redeten. Und dass keiner mehr so tat, als wäre es eigentlich nichts Ernstes und Mama würde bestimmt bald gesund.

Ich fühlte mich ein bisschen so, als sei eine Last von meinen Schultern gefallen. Obwohl ich immer noch Angst hatte. Aber ich fühlte mich nicht mehr so allein damit. Und immer, wenn die Angst größer wurde, fragte ich Mama, ob sie mir auch wirklich sagen würde, wenn es so weit war.

»Klar«, antwortete sie dann. »Ich habe es dir doch versprochen. Aber weißt du – ich glaube sogar, du würdest es selber merken.«
Danach war ich jedes Mal ganz beruhigt. Vielleicht würde Mama doch wieder gesund werden. Einfach so und von selber. Oder durch ein Wunder. So was gab es ja schließlich auch – dass Leute, bei denen alle dachten, dass sie bald sterben würden, plötzlich wieder gesund wurden. Und keiner konnte sagen, woran das lag. Vielleicht würde das auch mit Mama passieren. Und vielleicht half es ja auch, wenn ich fest daran glaubte.
Mama selber glaubte auch daran. Sie ließ sich von Janni und Nadja verschiedene Bücher mitbringen, in denen etwas über Selbstheilungskräfte und Naturheilkunde und so stand. Darin konnte Mama stundenlang lesen, wenn sie mal wieder zu schwach zum Aufstehen war.
»Jaja«, murmelte sie und schlug eine Seite um, wenn Ruben und ich sie etwas fragten. Mama war eben nicht ansprechbar, wenn sie in ihren neuen Büchern las. Und Ruben und ich hatten bald raus, dass wir fragen konnten, was wir wollten – sie hörte dann nie richtig zu. Das war manchmal ziemlich komisch, wenn ich zum Beispiel fragte: »Mama, soll ich mir die Haare heute abrasieren?« Und Mama einfach nur nickte und die Nase noch tiefer in ihr Buch steckte.
Manchmal mussten Ruben und ich so doll kichern, dass Mama doch den Kopf hob und uns verdutzt ansah. Dann musste sie ebenfalls grinsen.
»Ihr seid ganz schön gemein, ihr beiden, wisst ihr das? Die eigene Mutter so zum Narren zu halten!«
Aber sie war uns nie wirklich böse. Im Gegenteil, ab und zu las sie uns sogar etwas aus ihren Büchern vor. Das

meiste kapierte ich zwar nicht so ganz und Ruben erst recht nicht, aber trotzdem: Es machte Spaß, Mama zuzuhören. Ihre Stimme klang nämlich immer ganz andächtig dabei, fast so wie früher, wenn sie uns aus der Weihnachtsgeschichte vorgelesen hatte. Das war einfach wunderschön.

»Was soll denn das heißen: Das Leben ist wie die Flamme einer Kerze?«, fragte Ruben eines Nachmittags, als wir eng an Mama gekuschelt auf dem Sofa lagen und ihr beim Vorlesen zuhörten.

Ich war ganz verdutzt, denn ich hatte nur auf Mamas Stimme gelauscht. Ruben aber hatte offensichtlich richtig zugehört.

»Tja«, sagte Mama. »Was passiert denn, wenn du eine Kerze auspustest?«

»Na, die geht aus!«

»Und was noch?«

Ruben runzelte die Stirn. »Es riecht komisch«, antwortete er, nachdem er scharf nachgedacht hatte.

Mama schmunzelte. »Genau. Weil nämlich der Rauch zum Himmel aufsteigt. Und genauso ist das mit dem Sterben. Der Körper stirbt und die Seele steigt zum Himmel auf. Und von dort leuchtet sie als Stern zu uns herunter.«

»Und wenn man in die Hölle kommt?«, fragte Ruben.

Mama klappte das Buch zu und sah ihn an. »Ich glaube nicht, dass es so etwas wie die Hölle überhaupt gibt. Manche Leute glauben das. Jeder glaubt was anderes, und das ist auch gut so. Schließlich weiß ja keiner, was wirklich passiert, wenn man stirbt. Ich für meinen Teil jedenfalls glaube daran, dass ich ein Stern werde.« Mama hustete und räusperte sich dann.

»Aber dann müsste der Himmel ja randvoll mit Sternen

sein«, warf ich ein. »So viele Leute, wie schon auf der Welt gestorben sind – wenn die alle zu Sternen geworden sind, dann dürfte man den Himmel vor lauter Sternen eigentlich gar nicht mehr sehen!«

»Na, deshalb gibt es ja auch Sternschnuppen. Jedes Mal, wenn eine Sternschnuppe vom Himmel fällt, verglüht gerade ein Stern. Und macht Platz für einen neuen.«

»Und der Stern, der verglüht ist? Wo ist der dann hin?«

Mama zuckte mit den Schultern und legte das Buch zur Seite. »Ehrlich gesagt, das weiß ich auch nicht. Vielleicht ist er einfach fort. Vielleicht muss er den Menschen, die ihn einst auf Erden geliebt haben, nicht mehr leuchten, weil sie auch ohne ihn zurechtkommen.« Mama rutschte ein Stückchen tiefer und Ruben und ich rückten noch näher an sie heran. »Vielleicht aber«, fuhr Mama fort, »vielleicht wird in diesem Moment aber auch ein neuer Mensch geboren. Und der Stern verlöscht, weil die Seele wieder neu geboren wird, in einem anderen Körper. Wer weiß?«

Plötzlich fiel mir auf, dass wir alle drei, Mama, Ruben und ich, zur Decke emporsahen. Als könnten wir dort den Himmel und die Sterne sehen. Dabei guckten wir einfach bloß auf unsere weiß gestrichene Wohnzimmerdecke. Aber ein bisschen war es trotzdem so, als könnten wir durch sie hindurchsehen. Bis in den Himmel hinein. Bis zu den Sternen.

Als Papa kurze Zeit später nach Hause kam und uns so entdeckte, musste er lachen. »Habt ihr alle drei die Nackenstarre bekommen oder was ist mit euch los?«

»Wir gucken uns die Decke an«, sagte Ruben.

»Na, das sehe ich«, antwortete Papa. »Aber warum denn bloß?«

Mama erklärte Papa, worüber wir gerade geredet hatten. Und als Papa eine Weile darüber nachgedacht hatte, fing er an zu grinsen.
»Na, da hab ich doch glatt eine Idee«, sagte er und ging aus dem Zimmer.
Gleich darauf hörten wir, wie er Schränke und Türen öffnete und wieder zuklappte. Ruben, Mama und ich sahen uns verwundert an, aber im nächsten Moment kam Papa wieder herein. Über seiner Schulter hing die große Leiter aus der Abstellkammer, und in der linken Hand trug er einen Pinsel und die kleine Tube mit Goldfarbe, die wir für unsere Weihnachtsbasteleien benutzt hatten.
»So«, sagte Papa, stellte die Leiter genau in der Mitte des Zimmers auf, kletterte hinauf und öffnete die Farbtube. Und dann fing er an zu malen.
Und was er da malte? Na, logisch: Papa malte Sterne an unsere Wohnzimmerdecke. Vier Stück, um genau zu sein. Zwei kleine und zwei große.
»Na, was sagt ihr nun dazu?«, fragte Papa stolz, als er fertig war.
»Klasse!«, sagte Ruben. »Jetzt brauchen wir gar nicht mehr zu warten, bis es dunkel ist, um die Sterne zu sehen!«
Die Sterne sind übrigens immer noch da oben an unserer Wohnzimmerdecke. Und manchmal, wenn Ruben, Papa und ich Mama wieder ganz besonders vermissen, dann setzen wir uns alle drei ganz dicht zusammengekuschelt aufs Sofa und gucken an die Decke und sehen uns die Sterne an. Und dann ist es immer ein bisschen so wie früher, als Mama noch da war.

Einmal in der Woche ging Mama jetzt zu einer Selbsthilfegruppe. Das war eine Gruppe, wo sich lauter Leute versammelten, die Krebs hatten. Mama hatte davon in einem ihrer Bücher gelesen. Und dann hatte Manuel ihr erzählt, dass es so eine Gruppe auch in unserer Stadt gab. Seitdem fuhr Manuel Mama jeden Dienstagabend zur Gruppe und Papa holte sie gegen zehn wieder ab.
Mama war meistens ganz beschwingt, wenn sie dann noch einmal hochkam, um mir Gute Nacht zu sagen. »Es ist gut, zu sehen, dass ich nicht die Einzige bin!«, sagte sie. »Ich meine, ich weiß zwar, dass es noch viele andere Leute mit Krebs gibt, aber zwischen wissen und mit den eigenen Augen sehen ist eben immer noch ein großer Unterschied! Und es tut gut, darüber zu reden.«
Aber manchmal kam Mama auch nach Hause und sah ganz bedrückt aus. Dann, wenn jemand erzählt hatte, dass man wieder einen neuen Krebs bei ihm entdeckt hatte. Oder wenn es jemandem schlechter ging.
»Trotzdem!«, seufzte Mama. »Irgendwie hilft es mir, hinzugehen. Du solltest mal mitkommen«, sagte sie zu Papa. »Angehörige sind herzlich willkommen!«
Aber Papa wollte nicht. »Nee, nee«, wehrte er ab. »Das ist mir zu viel. Da werde ich bloß ganz verlegen. Und außerdem, ich halte das nicht aus, ständig darüber zu reden.«
»Wie du willst«, sagte Mama und zuckte mit den Schultern. »War ja nur eine Idee.«
Ich konnte nicht so richtig verstehen, warum Papa nicht mit zur Selbsthilfegruppe wollte. Also, wenn Mama mich statt Papa gefragt hätte, ich hätte sofort Ja gesagt! Einfach, um mal zu gucken. Aber Mama fragte mich nicht. Schließlich fragte ich sie selber, ob ich nicht mal mitkommen konnte. Aber Mama wollte zuerst nichts davon wissen.

»Da sind lauter schwer kranke Leute, Louise. Da kann man nicht einfach mal zugucken. Das ist doch kein Zoo!«

»Weiß ich doch, Mama. Aber ich kenne doch niemanden sonst, der Krebs hat! Und du hast gesagt, dass es dir guttut, zu sehen, dass du nicht die Einzige bist. Vielleicht tut mir das ja auch gut!«

Mama guckte mich eine Weile nachdenklich an. Dann sagte sie: »Vielleicht kommst du einfach mal mit, wenn Papa mich abholt.«

Am Dienstag drauf durfte ich also ausnahmsweise mal länger aufbleiben. Als Papa und ich bei dem Nachbarschaftswohnheim ankamen, wo die Gruppe sich immer traf, stand Mama schon draußen, umringt von den anderen. Ich war ziemlich erstaunt, als ich sah, wie viele verschiedene Leute an der Gruppe teilnahmen. Einige waren spindeldürr und bleich und sahen richtig krank aus. Bei anderen hätte ich nie gedacht, dass sie Krebs hatten, so munter und gesund wirkten sie. Ein paar ältere Männer waren dabei, aber hauptsächlich bestand die Gruppe aus Frauen. Eine davon hieß Barbara und war erst neunzehn, wie Mama mir auf der Rückfahrt erzählte. Barbara hatte Brustkrebs, der gerade entdeckt worden war. Ich musste sofort daran denken, dass es genauso ja auch bei Mama selber angefangen hatte. Mama sah mir natürlich an, was ich dachte.

»Vielleicht wird Barbara bald wieder gesund«, sagte sie und guckte über die Schulter zu mir nach hinten. »Denk daran, der Krebs wächst bei jedem unterschiedlich. Und bei manchen stirbt der Krebs auch ganz schnell wieder ab.«

»Ist denn die Gruppe nicht nur für Leute, die vielleicht bald sterben werden?«, fragte ich.

Zu meiner Überraschung antwortete nicht Mama, sondern Papa.
»Kein Mensch, der Krebs kriegt, weiß, ob er daran stirbt oder wieder gesund wird. Deshalb ist die Gruppe für alle da, die Krebs haben, egal, wie krank sie sind.«
Mama starrte ihn verblüfft an. »Ich wusste gar nicht, dass du darüber so genau Bescheid weißt.«
»Na ja«, sagte Papa und hielt an einer roten Ampel an. »Dass ich nicht hingehen will, heißt ja noch lange nicht, dass ich mir keine Gedanken darüber mache. Ich rede eben nur nicht so gerne darüber. Und schon gar nicht mit fremden Leuten.«
Er guckte stur geradeaus auf die Ampel, die immer noch Rot zeigte. Mamas Gesicht wurde ganz weich, und dann beugte sie sich zu Papa herüber und küsste ihn auf die Wange. Ich glaube, damit hatte er überhaupt nicht gerechnet. Er sah nämlich ziemlich verlegen aus. Aber auch ziemlich erfreut. Und Mama auch.

Eigentlich war das wirklich eine richtig schöne Zeit, diese letzten Wochen, in denen es Mama noch einigermaßen gut ging. Aber nach und nach wurde ihr Husten immer stärker. Manchmal hustete sie so doll, dass mir schon vom Zuhören schwindlig wurde.
»Das bisschen Husten«, sagte Mama dann immer und winkte ab. Aber ich machte mir trotzdem Sorgen.
Denn je stärker Mamas Husten wurde, desto schwächer wurde sie selbst. Nach einer Weile war sie sogar zu schwach, um zur Gruppe zu gehen oder irgendwo anders hin. Manchmal kam sie nur noch mit Manuels Hilfe die Treppe hinunter.
Also, was den Haushalt betraf, war das ja nicht so

schlimm. Erstens waren Papa, Ruben und ich schließlich da. Zweitens kam Manuel jeden Tag für ein paar Stunden und drittens halfen Janni und Nadja, so gut sie konnten. Und manchmal kam auch Beckys Mutter herüber und kochte und versorgte Mama und Ruben und mich, wenn Papa länger arbeitete oder unterwegs war, um etwas zu besorgen.

Nein, das Doofe war, dass Mama sich eingesperrt fühlte.

»Ich wünschte, ich könnte mehr unternehmen«, seufzte sie und starrte mit kummervollem Gesicht aus dem Fenster nach draußen, wo das letzte Laub von den Bäumen fiel.

»Draußen ist es sowieso viel zu kalt«, sagte Ruben, aber Mama schien das auch nicht trösten zu können.

»Mag ja kalt sein draußen, aber wenigstens ist da der Himmel so weit.« Mama sah weiter hinaus, und nichts, was Ruben und ich auch sagten oder vorschlugen, konnte sie aufmuntern.

Schließlich war es Manuel, der den rettenden Einfall hatte. Einen Nachmittag lang telefonierte er geheimnisvoll in der Gegend herum und hielt immer die Hand vor den Hörer, wenn einer von uns vorbeikam. Er wollte einfach nichts verraten, sosehr Ruben und ich auch bohrten. Aber kurz nachdem Papa nach Hause gekommen war, stand Janni auf einmal in der Tür.

»So, Marie, anziehen. Zack, zack!«

»Das ist viel zu kalt!«, protestierte Papa und Mama schüttelte den Kopf. »Ich bin heute viel zu schwach!«

Aber es half alles nichts. Janni und Manuel ließen keine Ausrede gelten. Zehn Minuten später stand Mama dick vermummt im Flur.

»Tätääă!« Janni riss die Tür schwungvoll auf.

Mama guckte einen Moment ziemlich verdutzt und dann fing sie an zu lachen. Ruben und ich drängelten uns vorsichtig an ihr vorbei, um zu sehen, was denn so komisch war.

Vor der Tür stand ein Rollstuhl. Aber es war kein gewöhnlicher Rollstuhl, sondern einer, der von oben bis unten mit Rosen verziert war. Sogar in den Speichen steckten welche.

»Bitte sehr, die Ausfahrt kann beginnen!«, sagte Janni.

Mama ließ sich nicht lange bitten. Sie schritt stolz wie eine Königin zur Tür hinaus, setzte sich in den Stuhl hinein und breitete zufrieden die Wolldecke, die Manuel ihr mit einer Verbeugung reichte, über ihre Beine. Und schon ging's los: Mama voraus, von Janni geschoben, dann folgten Ruben und ich, und am Ende gingen Papa und Manuel.

Wie eine Prozession marschierten wir durchs ganze Viertel, und ich möchte wetten, dass einige von unseren Nachbarn ziemlich verdutzt hinter ihren Gardinen hervorlugten. Aber gesehen haben wir sie dabei nicht. Wir hatten Besseres zu tun: Stattdessen sahen wir das Laub und rochen die frische Luft und hörten Mamas fröhliches Lachen, als Janni sie mit Karacho durch die Laubhaufen rollte und die Rosen nur so durch die Luft flogen. Von da an haben wir Mama oft durch die Gegend geschoben, bis ganz zum Schluss, als sie viel zu schwach war, um auch nur einen Arm alleine zu heben. Mama hat das immer gefallen, auch wenn sie sich zu Anfang ein bisschen komisch vorkam. Aber dann war sie doch froh, dass Manuel den Rollstuhl besorgt hatte.

»Hauptsache, ich kann mich bewegen!«, rief sie manchmal. »Ob auf eigenen Füßen oder im Rollstuhl, ist doch

eigentlich egal.«
An Rubens sechstem Geburtstag hustete Mama so stark, dass Manuel den Notarzt rufen musste.
Der Arzt schüttelte bedenklich den Kopf, als er die Treppe herunterkam, aber Mama blieb eisern.
»Ich gehe nicht ins Krankenhaus«, flüsterte sie, als ich nach ihr sah. »Aber um Rubens Gäste kann ich mich nicht kümmern. Machst du das für mich?«
Als ich wieder runterkam, hatte Manuel schon Janni angerufen. Und so feierten Ruben und seine Gäste – ein paar Jungs und Mädchen aus seiner Kindertagesstätte – eben nicht mit Mama, sondern nur mit Manuel, Janni und mir. Wir gaben uns große Mühe und spielten Topfschlagen und Blindekuh und alles, was uns sonst noch einfiel. Rubens Gäste waren begeistert, aber Ruben selbst war und blieb bedrückt.
»Ohne Mama macht alles keinen Spaß!«, murmelte er, als die anderen Kinder gegangen waren. Und dann guckte er sehnsüchtig zur Treppe.
Janni ging in die Hocke und legte Ruben die Hände auf die Schultern. »Mama kann nicht immer da sein, Ruben. Kein Mensch kann das. Aber in Gedanken ist sie doch bei dir. Die ganze Zeit. Hast du das nicht gemerkt?«
Ruben zuckte mit den Schultern. Seine Lippen zitterten verdächtig. »Kann sein. Aber ich glaube ja eher, dass Mama schläft.«
»Wieso glaubst du denn das?«, fragte Janni erstaunt. Aber ich wusste die Antwort, bevor Ruben sie gab.
»Na, weil sie nicht hustet.«
Janni und Manuel warfen sich einen Blick zu.
»Dann geh doch mal gucken«, sagte Janni zu Ruben.
Wie der Blitz war Ruben verschwunden. Als Janni und

ich ein paar Minuten später in Mamas Zimmer sahen, lagen Mama und Ruben aneinandergeschmiegt im Bett und schliefen.
»Na, so was!«, flüsterte Janni.
Aber ich war nicht erstaunt. Ruben und ich waren nämlich schon längst an Mamas Husten gewöhnt. Ich glaube, ein bisschen war es sogar so, dass uns der Husten beruhigte. Solange Mama noch hustete, war sie eben noch da. Logisch, nicht wahr?
Und deshalb wachte ich sogar manchmal nachts auf und lauschte auf Mamas Husten. Wenn ich nichts hörte, stand ich auf und tappte auf nackten Füßen über den Flur. Und so fand ich auch heraus, dass Mama nachts oft gar nicht schlief. Stattdessen saß sie an ihrem kleinen Schreibtisch vorm Fenster, hatte eine Kerze angezündet und sah hinein. Das war ein schöner Anblick: Mama im Nachthemd vor der Kerze und draußen der dunkle Himmel. Mama hatte dann immer einen ganz verträumten Gesichtsausdruck, so, als ob sie ganz weit fort sei, irgendwo, wo es ihr gut ging. Und das Komische war: Ich habe sie kein einziges Mal husten gehört, wenn sie so dasaß und in die Kerze sah. Kein einziges Mal, ist das nicht verrückt?
»Das liegt daran, weil ich meditiere«, erklärte mir Mama, nachdem sie eines Nachts meine Schritte gehört und mich zu sich gerufen hatte. »Das ist wie träumen, nur noch besser. Ich fliege mit meinen Gedanken in eine andere Welt hinein. Davon wird man ganz ruhig. Und man hat keine Angst mehr.«
Das glaubte ich ihr aufs Wort, so zufrieden, wie sie beim Meditieren aussah! Ich überlegte sogar, ob ich es nicht auch mal damit versuchen sollte. Aber als Mama mir

dann erklärte, wie das funktionierte, ließ ich es doch lieber sein. Immer in eine Kerze gucken, die Gedanken fließen lassen und dabei ruhig atmen, das war nichts für mich. Nach zwei Minuten wurde mir langweilig und meine Gedanken flossen nicht etwa, sondern sausten hierhin und dorthin. Nur nicht dahin, wo sie sollten: in die Kerze hinein.

Janni grinste, als ich ihm von meinen vergeblichen Versuchen zu meditieren erzählte. »Das geht mir genauso. Nichts macht mich unruhiger als Meditation.«

»Aber Mama sagt, es hilft gegen Angst.«

Janni nickte. »Das stimmt vermutlich auch. Deiner Mama hilft es ja auch gegen die Angst. Uns nicht. Wir müssen uns eben was anderes suchen.«

»Und was?«

Janni legte die Arme um meine Hüften, hob mich blitzschnell hoch und wirbelte mich im Kreis herum. »Das zum Beispiel!«

Man glaubt es kaum, aber es half wirklich! Als Janni mich wieder absetzte, war mir zwar ein bisschen schwindlig, aber ich fühlte mich auf einmal ganz ruhig. Doch ich glaube, es war nicht unbedingt das Rumwirbeln, was mir geholfen hatte. Es war das Gefühl, nicht allein zu sein mit meinen Sorgen.

Genau an dem Tag, als der erste Schnee fiel, musste Mama zur Untersuchung ins Krankenhaus. Sie musste alle zwei Wochen dorthin, aber diesmal behielten sie Mama gleich da.

»Sie hat eine Lungenentzündung«, sagte Manuel und zuckte bedauernd mit den Schultern, während er den Tisch deckte. »Die nötige Pflege können wir ihr hier einfach nicht bieten. Das musst du verstehen, Louise. Im Krankenhaus ist sie wirklich besser aufgehoben.«

Aber ich fand, dass Manuel so aussah, als würde er selbst nicht so recht daran glauben. Seit Mama aus Hamburg zurück war, wollte sie nämlich nicht mehr ins Krankenhaus, und das wusste Manuel so gut wie ich.

»Ich habe Angst, dass ich nicht mehr da rauskomme, wenn ich erst einmal drin bin«, hatte Mama erklärt. »Solange ich kann, werde ich mich mit Händen und Füßen dagegen wehren!«

Und jetzt war sie also doch wieder im Krankenhaus. Es musste ihr sehr, sehr schlecht gehen, das war mir klar. Schlechter, als Manuel behauptete. So schlecht, dass sie sich eben nicht mehr mit Händen und Füßen dagegen hatte wehren können.

»Aber als ich heute Morgen zur Schule gegangen bin, ging es ihr doch eigentlich ganz gut!«, sagte ich. Das stimmte zwar. Aber es stimmte eben auch, dass Mama in den letzten Tagen fast ununterbrochen gehustet hatte.

Manuel zuckte erneut mit den Schultern und beugte sich tief über die Schublade mit dem Besteck. »Sie ist eben schlechter dran, als sie aussieht«, murmelte er.

Ich betrachtete eine Weile seinen Rücken und dann sagte ich das, was ich wirklich dachte: »Mama hat gar keine Lungenentzündung, nicht wahr? Sie hat Krebs in der Lunge.«

Manuel kramte weiter in der Schublade herum. Er konnte mich einfach nicht ansehen. Und er konnte mir keine Antwort geben. Aber das brauchte er auch gar nicht. Ich wusste auch so, dass es stimmte.

Ruben sagte den Rest des Tages kein Wort mehr, als er hörte, dass Mama wieder im Krankenhaus war. Papa war

überhaupt nicht überrascht.
»Am besten, ihr gebt mir gleich die Kuschelhemden mit, meint ihr nicht auch?«, fragte er nur, und kurz darauf war er schon aus der Tür, um zu Mama zu fahren.
Manuel war längst gegangen und Ruben schlief schon, als Papa zurückkam. Aber ich war noch wach, und als ich die Tür klappen hörte, schlich ich mich leise die Treppe hinunter. Papa war in der Küche und nahm gerade den Flaschenöffner aus der Schublade. In einer Hand hielt er eine Flasche Bier.
»Wie geht es Mama?«
Papa zuckte zusammen und drehte sich um. »Hast du mich erschreckt!« Sein Gesicht war ganz weiß. »Warum schläfst du denn noch nicht?«
»Ich wollte erst wissen, wie es Mama geht.« Ich kauerte mich auf einen Stuhl und schlang die Arme um meine Beine, weil mir so kalt war. Papa seufzte, dann öffnete er die Bierflasche und nahm einen großen Schluck.
»Mama geht es nicht so besonders. Aber sie kümmern sich dort gut um sie. Sie bekommt Medikamente, damit sie nicht mehr so schlimm husten muss. Und besser Luft kriegt.«
»Wann kann ich sie morgen besuchen? Gleich nach der Schule?«
Papa setzte die Flasche erneut an. Als er sie wieder abstellte, war sie leer.
»Tut mir leid, Louise, aber erst mal kannst du sie gar nicht besuchen. Sie liegt nämlich auf der Intensivstation. Da sind Kinder unter zwölf Jahren nicht zugelassen.«
»Aber das geht doch nicht! Ich muss Mama doch besuchen!« Ich konnte gar nichts dagegen tun, auf einmal rollten mir die Tränen die Wangen hinunter. »Außerdem

bin ich doch fast zwölf!«
»Stimmt gar nicht, du wirst doch erst elf«, sagte Papa und kam zu mir herüber, um mich in die Arme zu nehmen. »Pscht, es wird schon alles wieder gut. Nicht mehr weinen, Louise.«
Aber er sah selber ganz elend aus, als er mich zu trösten versuchte. Und ich glaube, er wusste genau wie ich, dass eben nicht mehr alles wieder gut werden würde.
Trotzdem erlaubte er mir nicht, Mama zu besuchen. »Du musst warten, bis es ihr wieder besser geht und sie nicht mehr auf der Intensivstation liegt. Tut mir leid, Louise. Aber so ist es nun mal.«
Papa begriff anscheinend nicht, dass ich keine Zeit hatte zu warten, bis es Mama besser ginge. Denn was, wenn es ihr gar nicht mehr besser gehen würde? Mir wurde ganz schlecht, wenn ich nur daran dachte. Deshalb mochte ich auch nichts mehr essen, aber das fiel Papa nicht weiter auf, denn er hatte ja selber keinen Appetit mehr. So saßen wir drei tagelang morgens und abends am Küchentisch vor unseren Tellern. Nur Ruben langte zu, und darüber waren Papa und ich ziemlich froh. Aber dafür machte Ruben andere merkwürdige Sachen.
Mama war gerade drei Tage im Krankenhaus, als ich Ruben eines Abends dabei erwischte, wie er mitten auf dem Fußboden in seinem Zimmer saß und seiner Lieblingspuppe mit dem Brotmesser die Arme abschnitt. Ein Arm war bereits abgetrennt, der andere baumelte nur noch an einem Fetzen. Ruben sah ganz verbissen und wütend aus, und im ersten Moment bemerkte er mich gar nicht.
»Ruben, was machst du denn da?«, brüllte ich. Ruben sah erschrocken zu mir auf. Sein Gesicht war ganz rot vor Anstrengung. Aber er sagte keinen Ton.

»Lass das sein! Warum machst du denn das?«
Ruben sagte immer noch nichts, aber er ließ das Messer und die Puppe fallen. Mit gesenktem Kopf blieb er sitzen. Ich hockte mich neben ihn. »Ruben, warum tust du denn das?«
Die Puppe sah ganz schön traurig aus, so schlimm, wie Ruben sie zugerichtet hatte. Ich hob sie hoch, um sie zu untersuchen, aber Ruben riss sie mir aus der Hand und drückte sie an sich.
»Ich weiß auch nicht«, flüsterte er. »Ist mir eben so eingefallen. Meinst du, die geht wieder heile zu machen?«
Ich betrachtete den abgetrennten Arm. Ruben hatte ganze Arbeit geleistet. Die Ränder, wo er mit dem Messer herumgesäbelt hatte, waren ziemlich uneben. Kleben kam bestimmt nicht in Frage.
»Keine Ahnung«, sagte ich langsam. »Wir könnten Papa fragen. Oder Janni.«
Ruben betrachtete nachdenklich seine Puppe, dann legte er sie auf sein Bett und ging schweigend ins Badezimmer, um sich die Zähne zu putzen.
Ich glaube, Ruben war genauso traurig und verängstigt wie ich. Er hatte nur eine andere Art, damit umzugehen. Ich konnte nichts mehr essen und Ruben schnitt seiner Lieblingspuppe die Arme ab. So einfach war das. Na ja, einfach stimmt wohl nicht so ganz. Einfach war das bestimmt nicht. Sondern schwer.
Vor allem fand ich es schwer, Mama nicht sehen zu dürfen. Ich gab Papa jeden Tag einen kleinen Brief für sie mit, aber Mama schrieb nicht zurück.
»Sie ist zu schwach«, sagte Papa. »Sie bekommt so starke Medikamente. Aber einen Kuss soll ich dir von ihr geben.«

Als er sich zu mir herunterbeugte, um mich zu küssen, sprang ich auf und rannte die Treppe hinauf in mein Zimmer. Dort schmiss ich mich auf mein Bett und vergrub den Kopf in den Armen, aber erst, nachdem ich den Schlüssel in der Tür zweimal herumgedreht hatte. Und als Papa und Ruben nacheinander klopften und mich baten herauszukommen, tat ich so, als würde ich sie nicht hören.

Ich hatte alles so satt! Diese Angst und die Ungewissheit und vor allem den Krebs, den hatte ich satt. Als ich daran dachte, dass Mama den Krebs bestimmt genauso satt hatte, wurde mir noch schlimmer zumute. Ich konnte vielleicht die Augen zukneifen und auf meine Kissen hauen und manchmal einfach alles vergessen, aber Mama konnte gar nichts tun. Sie konnte nur daliegen und warten. Darauf, dass es ihr wieder besser gehen würde. Oder dass überhaupt irgendetwas passierte.

Ich weiß nicht, wie lange ich so auf meinem Bett lag. Ich hörte, wie Papa Ruben zu Bett brachte und wieder die Treppe hinunterging. Und dann, eine ganze Weile später, kamen wieder Schritte die Treppe herauf und kurz darauf klopfte es an meiner Tür.

»Louise?«

Es dauerte einen Moment, bis ich Jannis Stimme erkannte. Ich musste nicht lange überlegen. Wie der Blitz war ich an der Tür und schloss auf.

»Tss, tss, Prinzessin«, sagte Janni und schüttelte den Kopf, während er sich auf mein Bett plumpsen ließ. »Was höre ich da für Sachen?«

»Ich finde alles so ungerecht«, antwortete ich und setzte mich neben ihn auf die Bettkante. »Oder findest du es etwa gerecht, dass ich Mama nicht sehen darf?«

Janni verschränkte die Arme hinter dem Kopf. »Nein, gerecht ist es nicht. Aber es geht eben nicht immer gerecht zu im Leben. Und vielleicht möchte deine Mutter ja auch gar nicht, dass du sie besuchst.«
Auf den Gedanken war ich überhaupt noch nicht gekommen. »Das glaube ich nicht! Niemals! Warum sollte Mama mich denn nicht sehen wollen?«
»Weil es ihr vielleicht sehr schlecht geht und sie nicht will, dass du erschrickst, wenn du sie so siehst.«
Ich dachte eine Weile darüber nach. »Glaubst du das?«, fragte ich schließlich.
Janni betrachtete mich ernst. »Weißt du, auf der Intensivstation sind die Leute an lauter Geräte angeschlossen. Sie haben Schläuche in der Nase und im Mund und wer weiß noch wo sonst, und das ist kein schöner Anblick. Da kann man sich wirklich ziemlich erschrecken.«
»Ich weiß, ich hab mal im Fernsehen einen Bericht darüber gesehen. Aber ich würde mich nicht erschrecken. Hauptsache, ich kann Mama sehen. Ich muss sie einfach unbedingt was fragen.«
»Was denn?«
»Ob sie meint, dass es Zeit ist, sich zu verabschieden. Mama glaubt, dass man das merkt. Du hast das doch auch gesagt – dass du glaubst, dass man spürt, wenn es so weit ist. Aber ich kann das so nicht merken. Ich glaube, das kann man nur merken, wenn man sich sieht. Meinst du nicht auch?«
Janni sah mich ziemlich lange an, und dann nickte er langsam.
Am nächsten Tag holte Janni mich nach der vierten Stunde von der Schule ab. Als wir schließlich vor der Tür mit der Aufschrift »Intensiv« standen, hatte ich ganz schö-

nes Herzklopfen. Aber Janni ging es genauso, glaube ich. Er hatte nämlich rote Flecken auf den Wangen, und die hat er nur, wenn er aufgeregt ist.
»Okay«, sagte Janni und straffte die Schultern. »Dann mal los.«
Er drückte auf die Klingel neben der Tür und kurz darauf ging die Tür auf. Vor uns stand eine Krankenschwester mit langen dunklen Haaren, die in der Hand einen grünen Kittel trug.
»Zu wem möchten Sie denn?«
Janni räusperte sich. »Zu Frau Friedrich.«
Die Krankenschwester blickte von Janni zu mir und wieder zurück. »Sind Sie Angehörige?«
»Ja«, sagte Janni und errötete leicht.
»Das müssen Sie bitte verstehen, der Besuch ist nämlich nur Angehörigen erlaubt. Und Kindern ab zwölf. Die Patienten brauchen viel Ruhe.«
»Wir sind Angehörige«, sagte Janni noch einmal und ich fügte hinzu: »Und ich bin zwölf.«
Die Krankenschwester sah mich scharf an, dann sagte sie zu Janni: »Einen Moment bitte.«
Die Tür klappte zu.
»So«, murmelte Janni. »Eigentlich ist es ja gar nicht gelogen. Wir sind ja auch Angehörige. Du sowieso und ich eigentlich auch. Man muss ja nicht unbedingt blutsverwandt sein, um sich als Angehöriger zu fühlen. Findest du nicht auch?«
»Klar«, antwortete ich. »Man muss ja auch nicht unbedingt zwölf sein, um sich wie zwölf zu fühlen.«
Ich glaube, wenn wir nicht so aufgeregt gewesen wären, hätten Janni und ich bestimmt lachen müssen. So aber standen wir da und traten von einem Fuß auf den ande-

ren, und als die Tür wieder aufging, zuckten wir beide gehörig zusammen.
»Frau Friedrich ist heute früh auf die Innere verlegt worden«, sagte die Krankenschwester. Jetzt hatte sie den grünen Kittel angezogen und die Haare zurückgesteckt. »Tut mir leid, dass ich das nicht gleich gesagt habe, aber ich habe gerade erst meinen Dienst angetreten.«
»Heißt das, dass es Frau Friedrich besser geht?« Janni griff nach meiner Hand und drückte sie fest.
Die Krankenschwester lächelte, aber nur ein klitzekleines bisschen. Gleich darauf guckte sie wieder ganz ernst. »Das kann ich Ihnen nicht so ohne Weiteres beantworten. Da müssten Sie mit der zuständigen Ärztin reden.«
Ich hatte das Gefühl, dass die Krankenschwester Janni etwas mit den Augen mitteilte, was sie vor mir nicht sagen wollte, und als Janni und ich die Treppe zur inneren Station hinuntergingen, fragte ich ihn danach.
»Nein, das glaube ich nicht«, sagte Janni und schüttelte den Kopf. »Ich glaube, sie wollte bloß einfach nichts Falsches sagen.«
»Aber wenn Mama nicht mehr auf der Intensivstation ist, dann muss es ihr doch besser gehen, oder?«
»Glaub schon«, sagte Janni knapp und mit einem merkwürdigen Gesichtsausdruck, aus dem ich nicht schlau wurde. Und dann schwiegen wir, bis wir endlich vor Mamas Zimmertür standen.
Mama schlief. Das stellten wir fest, als wir endlich eingetreten waren, obwohl niemand auf unser Klopfen geantwortet hatte. Auf Zehenspitzen gingen wir zum Bett. Mama sah sehr bleich aus und ihre Wangen waren ganz eingefallen. Außerdem atmete sie ziemlich mühsam. Jedes Mal, wenn sie die Luft einsog, gurgelte es ein biss-

chen in ihrer Brust. Ansonsten aber schien sie mir unverändert – sollte sie tatsächlich lauter Schläuche in der Nase und im Mund gehabt haben, so war davon jetzt jedenfalls nichts mehr zu sehen.
»Mama sieht gar nicht schlimm aus«, flüsterte ich, und Janni, der auf der anderen Seite des Bettes stand, nickte.
»Nein. Sie sieht sogar ziemlich schön aus, finde ich«, sagte er leise.
Mama lag ganz ruhig da und unter ihrem Kopfkissen konnte ich einen Zipfel von meinem Kuschel-T-Shirt erkennen.
Ich beugte mich vor und küsste Mama vorsichtig auf die Wange und da bewegte sie sich ein bisschen und schlug im nächsten Moment die Augen auf.
»Louise!« Sie streckte die Arme aus und zog mich an sich. »Wie schön, dich endlich zu sehen! Du bist aber früh dran. Oder ist es schon vier?«
»Nein, es ist kurz nach eins«, antwortete Janni. Mama wandte den Kopf und sah ihn an.
»Janni! Ich dachte, Holger wollte Louise und Ruben um vier nach der Arbeit mitbringen. Ich habe ihn vorhin anrufen lassen, als ich wusste, dass ich verlegt werde.«
Janni wurde zum zweiten Mal innerhalb einer halben Stunde rot. »Also, lass mich das erklären. Holger weiß nichts davon, dass wir hier sind. Aber Louise musste dich unbedingt sehen. Und mir ging es genauso.«
Mama sah wieder mich an, und dann fing sie an zu lächeln.
»Ihr beiden! Immer das Gleiche mit euch!«
»Aber dafür liebst du uns doch, nicht wahr?« Janni grinste und Mama lächelte noch breiter.
»Dir geht es besser, oder?«, fragte ich. »Das hab ich gleich

gewusst, als die Krankenschwester uns oben sagte, dass du verlegt worden bist. Aber etwas Genaues wollte sie nicht erzählen. Komisch, oder?«

Mama schüttelte den Kopf. »Nein, das finde ich nicht komisch. Sie hat bestimmt gesagt, dass ihr die Ärztin fragen müsst, oder? Es muss nicht unbedingt was Gutes bedeuten, wenn man von der Intensivstation runterkommt.«

»Wieso?« Ich hatte immer gedacht, dass Intensivstationen für schwer kranke Leute waren und die normalen Stationen für nicht so kranke Leute.

»Na ja«, sagte Mama. »Es kann auch heißen, dass jemand sterben wird und man nichts mehr für ihn tun kann. Dann ist er in einem ruhigen Zimmer besser aufgehoben als zwischen lauter piepsenden Geräten. Zum Sterben braucht man Ruhe. Jedenfalls glaube ich das.«

»Oh«, sagte ich verstört. Jetzt wusste ich, was Jannis merkwürdiger Gesichtsausdruck zu bedeuten gehabt hatte. Plötzlich hatte ich wieder Angst.

»Stellt doch mal mein Kopfteil ein bisschen höher«, bat Mama. Janni drückte auf einen Hebel am Kopfende und das Kopfteil des Bettes bewegte sich leise quietschend nach oben. Mama richtete sich schwer atmend auf. Im nächsten Moment fing sie an zu husten, aber kurz darauf war es wieder vorbei.

»Geht es dir denn jetzt besser, Mama?«

Mama legte den Arm um mich. »Besser als in den letzten Tagen schon. Aber weswegen musstest du mich denn nun unbedingt sehen?«

Irgendwie war es mir unangenehm, davon zu sprechen. Jetzt, wo ich Mama sah, kamen mir meine Gedanken ein bisschen unwirklich vor. Aber Janni nickte mir über das

Bett hinweg auffordernd zu, und schließlich fasste ich mir ein Herz.
»Ich wollte wissen, ob du meinst, dass es an der Zeit …«
Ich musste gar nicht weitersprechen. Mama wusste auch so, was ich meinte. »Sich zu verabschieden?«
Ich nickte und alle drei schwiegen wir einen Moment. Mama streckte ihre freie Hand nach Janni aus, und Janni setzte sich auf die andere Seite des Bettes, so dicht bei Mama und mir, wie es ging.
»Ich glaube, ich bin dem Tod gerade noch mal von der Schippe gesprungen«, sagte Mama schließlich. »Ich hab verdammtes Glück gehabt. Fürs Erste ist es noch nicht so weit.«
Sie drückte mich fester an sich. »Und ich hab dir doch versprochen, dass ich es dir sage, wenn's so weit ist, nicht wahr?«
»Ja, aber wenn ich dich nicht sehen darf, dann kannst du es mir ja schließlich nicht sagen.«
Mama rieb ihr Kinn an meiner Stirn. »Doch«, sagte sie. »Es gibt immer Mittel und Wege. Wenn es so gewesen wäre, dann hättest du mich auch besuchen dürfen. Aber so wollte ich lieber, dass du nicht kommst. Ich glaube, du hättest dich ziemlich erschreckt.«
»Wegen der Schläuche in der Nase?«
Mama guckte ein bisschen verdutzt, dann bemerkte sie Jannis schuldbewusstes Gesicht.
»Hast du etwa Schauergeschichten erzählt, Janni? Zufällig hatte ich keine Schläuche in der Nase. Aber dafür habe ich Blut gespuckt, und außerdem musste ich sehr viel weinen, weil ich solche Schmerzen hatte. Ich glaube, darüber hättest du dich mehr erschreckt als über Schläuche in der Nase.«

Mir schauderte ein bisschen, als ich mir das vorzustellen versuchte. Aber Mama hielt mich im Arm und streichelte mir über den Kopf, und das beruhigte mich. Eine ganze Weile saßen wir so da und schwiegen, und das war sehr beruhigend.

»Weihnachten komm ich nach Hause«, flüsterte Mama auf einmal.

»Na, dann wird aber tüchtig gefeiert«, sagte Janni. »Wenn ich darf, komme ich nämlich auch.«

»Aber sicher, du gehörst doch zur Familie«, antwortete Mama.

Janni grinste mich an. »Siehst du, ich bin wirklich ein Angehöriger!«

Abschied von Mama

Mama kam wirklich zu Weihnachten nach Hause. Am Heiligabend holten Janni und ich sie aus dem Krankenhaus ab, während Papa und Ruben zu Hause den Weihnachtsbaum schmückten. Wir mussten sie im Rollstuhl fahren, weil sie zu schwach zum Laufen war, und außerdem überreichte die Krankenschwester Janni eine ganze Tasche voller Medikamente, die Mama über die Feiertage nehmen musste.

»Ich hab es tatsächlich geschafft!«, sagte Mama, als wir sie über die Rampe zum Parkplatz vor dem Krankenhaus fuhren. Sie guckte nach oben in den klaren Winterhimmel und lachte. »Ich hab es geschafft, ich bin doch wieder aus dem Krankenhaus raus! Wenn auch nur für ein paar Tage!«

Es war nämlich nicht etwa so, dass Mama entlassen worden war. Nein, sie hatte nur Urlaub bekommen. Urlaub, wie das klingt! Als wenn man vom Kranksein Urlaub machen könnte!

»Warum musst du denn wieder ins Krankenhaus zurück?«, fragte Ruben, nachdem wir selbst gemachten Kartoffelsalat und Würstchen gegessen hatten, wie immer am Heiligen Abend. Das heißt, Ruben, Papa, Janni und ich hatten Kartoffelsalat mit Würstchen gegessen.

Mama hatte nichts angerührt. »Du kannst doch hier bleiben und wir pflegen dich eben. So wie früher!«
Mama blickte auf und sah uns alle der Reihe nach an. »Das wäre zu anstrengend«, antwortete sie. »Das würdet ihr gar nicht schaffen.«
»Aber wieso?« Ruben nahm sich noch ein Würstchen. »Nadja würde bestimmt für uns kochen und Manuel auch. Und wenn die Krankenkasse nicht mehr bezahlt, dann würden Louise und ich ihm eben unser Taschengeld geben. Stimmt's, Louise?«
Ich nickte und legte mein angebissenes Würstchen wieder auf den Teller zurück. Auf einmal hatte ich keinen Appetit mehr.
»Krieg ich dein Würstchen?«, fragte Ruben und schnappte es sich, als ich zum zweiten Mal hintereinander nickte. Dann sah er Mama an. »Du musst auch was essen, Mama. Sonst wirst du gar nicht mehr gesund!«
Mama fuhr Ruben übers Haar und lächelte schief. Gleich darauf verzog sie plötzlich den Mund und krümmte sich zusammen. Erschrocken starrten wir sie an, und im nächsten Moment sprang Janni auch schon auf und rannte davon, um Mamas Medikamente zu holen.
Es war ein seltsames Weihnachten, dieses letzte Weihnachten mit Mama. Ich glaube, im Grunde haben wir es schon alle gewusst, dass es das letzte sein würde. Sogar Ruben wusste es irgendwie.
»Mama riecht anders, findest du nicht?«, fragte er mich, als wir abends zusammen in seinem Bett lagen. Eigentlich hätten wir beide am liebsten bei Mama geschlafen, aber Papa hatte es verboten: »Mama braucht Ruhe, wenigstens nachts!«
Also kuschelten Ruben und ich uns zum Trost in sei-

nem Bett zusammen, und das war auch ziemlich gemütlich.
»Wieso denn?«, fragte ich. Mir war nicht aufgefallen, dass Mama anders roch.
»Ich weiß auch nicht, aber irgendwie riecht sie anders. Nicht mehr so ... duftig. Vielleicht riecht man ja anders, wenn man bald stirbt«, sagte Ruben und gähnte. Er kuschelte sich enger an mich, und im nächsten Moment war er auch schon eingeschlafen.
Ich lag noch eine ganze Weile wach und sah an die Decke, während ich über das nachdachte, was Ruben gesagt hatte. Es stimmte: Mama roch tatsächlich anders. Nicht mehr so duftig wie früher, sondern irgendwie schwerer. Vielleicht kam das von den Medikamenten. Aber vielleicht war es ja wirklich so, dass Mama bald sterben würde. Vielleicht spürte Ruben es eher als ich?
Aber ich glaube, eins wussten wir beide: dass dieses Weihnachten das letzte mit Mama sein würde. Und alle anderen wussten das auch.
Am ersten Weihnachtstag bekamen wir nämlich jede Menge Besuch. Mittags holten wir Oma und Opa vom Zug ab und danach ging es dann so richtig los. Ich weiß immer noch nicht so genau, ob Papa und Janni tatsächlich alle Leute eingeladen hatten oder ob einige auch einfach so, von selber, vorbeikamen. Ob sie es gerochen hatten, sozusagen. In dem ganzen Trubel habe ich vergessen, Janni oder Papa danach zu fragen, aber das mache ich noch irgendwann.
Mama jedenfalls, das stand fest, Mama freute sich. Obwohl es auch ganz schön anstrengend für sie war, das sah ich genau. Sie saß die ganze Zeit im Sessel vor dem flackernden Kaminfeuer, eingepackt in ihren Lieblings-

pullover und dicke, wollene Hosen, und unterhielt sich leise mit unseren Gästen. Ein paar von unseren Nachbarn schauten vorbei, einige Freunde und Freundinnen von Mama und Papa, außerdem Becky mit ihrer Mutter. Ein paar Frauen aus der Selbsthilfegruppe kamen auch, und natürlich Manuel und Nadja.
Ein bisschen war es so, als ob Mama eine Audienz gab, denn alle waren ganz vorsichtig, wenn sie sie zur Begrüßung oder zum Abschied umarmten, und keiner blieb länger als eine halbe Stunde. Trotzdem war Mama ganz erschöpft, als die Letzten gegangen waren.
»Puh, das war ja eine Tortur!«, flüsterte sie, als ich ihr einen Tee brachte. Papa, der Ruben gerade zeigte, wie seine neue Armbanduhr gestellt wurde, blickte alarmiert auf.
»War es dir zu viel?«
»Nein«, sagte sie und sah ihn mit einem erschöpften Lächeln an. »Es war genau richtig. Es war schön, sie gesehen zu haben. Wer weiß, ob es nicht das letzte Mal war.«
Papa bückte sich hastig zu Ruben hinunter und schnallte ihm die Uhr um den Arm. »Unsinn«, murmelte er mit undeutlicher Stimme, aber Mama schüttelte nachsichtig den Kopf.
»Kein Unsinn«, sagte sie. Dann zwinkerte sie mir zu. »Wie sieht es aus? Hätte die Prinzessin nicht Lust, ihre Königin für ein paar Minütchen durch den Schnee zu schieben?«
»Aber Mama, es liegt doch gar kein Schnee mehr! Der ist doch schon längst geschmolzen!«
Mama grinste, und obwohl sie so abgemagert war, kaum Haare auf dem Kopf und ganz eingefallene Wangen hatte, fand ich sie immer noch wunderschön. Vor allem, wenn sie lachte. Und das machte sie immer noch gerne.

»Schadet ja wohl nichts. Schieben kannst du ja trotzdem. Und wenn du dann noch *Schneeflöckchen, Weißröckchen* singst und ich die Augen zumache, dann kann ich mir glatt einbilden, dass doch Schnee liegt!«
»Na, da mache ich aber mit!«, rief Janni, und gleich darauf kam Manuel auch schon mit Mamas Winterjacke und ihrer Wolldecke angestürmt. Da waren Papa und Opa schon dabei, Mama die kleine Treppe vor der Haustür hinunterzubugsieren.
Und so kam es dann, dass wir am Ende alle zusammen durch die eisige Winterluft marschierten, uns beim Rollstuhlschieben abwechselten und aus voller Kehle sangen. Vor allem *Leise rieselt der Schnee*. Besonders festlich klang das nicht gerade, aber immerhin konnten wir alle den Text. Mama hielt die Augen geschlossen. Ab und zu machte sie eins auf, und dann kriegte sie jedes Mal Schluckauf vor Lachen. Janni und Manuel taten nämlich so, als seien sie Schneeflocken, die gerade vom Himmel herunterrieselten. Urkomisch sahen sie aus, wie sie da in der Kälte herumsprangen, mit ausgebreiteten Armen und roten Ohren! Sie hörten erst mit dem Theater auf, als Mama vor lauter Lachen keine Luft mehr bekam.
»Tut das gut, so doll zu lachen!«, japste sie. »Diese ganze Angst wegzulachen, das tut so gut!«
Und das fanden wir alle. Sogar Papa, auch wenn er sich noch am meisten bemühte, ernst zu bleiben.
Das war das seltsamste Weihnachten, was ich je erlebt habe, und das wird es bestimmt auch bleiben. Die Geschenke waren diesmal gar nicht so wichtig gewesen, obwohl ich den lang ersehnten Discman bekommen hatte und Ruben den Lego-Tankstellen-Bausatz, den er sich

so brennend gewünscht hatte. Weder ihm noch mir war richtig aufgefallen, dass wir nur ein einziges Mal Kekse gebacken und obendrein vergessen hatten, den Fensterschmuck aufzuhängen. Dieses Weihnachten war fast so, als wäre es gar kein Weihnachten, sondern ein Fest zu Ehren von Mama. Denn einerseits waren wir alle sehr traurig und ernst, aber andererseits eben auch sehr fröhlich. Wie Mama ja später gesagt hat – auch, wenn alles traurig und düster aussieht: Es gibt so viele schöne und lustige Sachen im Leben.

Eigentlich sollte Mama fünf Tage bei uns zu Hause bleiben, aber wir brachten sie schon am vierten Tag wieder ins Krankenhaus zurück. Nicht, weil wir es zu anstrengend fanden, sie zu pflegen. Klar war es anstrengend – Mama konnte nämlich nicht mehr alleine aufstehen, und nachts wurden Papa und ich immer wieder wach, weil sie so husten musste. Nein, der Grund, dass wir Mama schon einen Tag früher ins Krankenhaus zurückbrachten, war, dass sie so starke Schmerzen hatte. Und da konnten sie ihr im Krankenhaus natürlich besser helfen als wir zu Hause.

Es war ein ziemlich komisches Gefühl, Mama wieder dorthin zurückzubringen. Vor allem, weil keiner von uns wusste, wann sie wieder rauskommen würde. Oder ob überhaupt.

Mama sah sich jedenfalls mit einem ziemlich nachdenklichen Gesichtsausdruck im Wohnzimmer um, während Papa schon mal ihre Sachen im Auto verstaute.

»Schön haben wir es hier«, sagte Mama und ließ ihren Blick über die Möbel streifen. »Diese Sesselbezüge, die sehen einfach prima aus.«

Mama hatte die Bezüge vor vielen Jahren selbst genäht. Eigentlich lagen sie schon auf den Sesseln, seit ich mich erinnern konnte. Aber als Mama das so sagte, betrachtete ich sie noch einmal mit ganz neuen Augen. Es stimmte, sie sahen echt gut aus, diese Bezüge. Sie waren blau und rot und grün gemustert, und irgendwie machten sie, dass das Wohnzimmer fröhlich wirkte.

»Ich finde sie auch schön«, sagte ich, und Mama legte den Kopf schief und sah an die Decke, von der die goldenen Sterne, die Papa damals gemalt hatte, herunterleuchteten. »Die Bezüge darf man nie mit anderen Sachen zusammen waschen«, sagte Mama verträumt. »Sie färben nämlich immer noch ab.«

Ein bisschen war es, als ob Mama zu sich selbst sprach, aber ich wusste trotzdem, dass sie mit mir redete.

»Soll ich sie gleich nachher mal in die Waschmaschine tun?«, fragte ich.

»Ach nein«, sagte Mama. »So war das nun auch wieder nicht gemeint. Das hat schon noch Zeit. Nur für den Fall, dass es mal nötig sein sollte – damit du Bescheid weißt. Komm, Papa wartet.«

Papa wartete wirklich schon an der Vordertreppe, und mit vereinten Kräften trugen wir Mama im Rollstuhl hinunter und verfrachteten sie ins Auto. Papa pfiff übrigens die ganze Zeit dabei vor sich hin. Auch auf dem Rückweg pfiff er. Ich glaube, das war so seine Art, mit dem Traurigsein umzugehen: geschäftig tun und pfeifen. Und das machte er in den folgenden Wochen ziemlich oft. Je länger Mama im Krankenhaus lag, je dünner und schwächer sie wurde und je elender sie aussah, desto mehr pfiff Papa vor sich hin. Nur abends nicht. Da wurde er meistens ganz ruhig. Wenn Ruben im Bett war, setzte

Papa sich oft noch ein bisschen mit mir zusammen, und dann redeten wir. Über die Schule, darüber, wie wir in der nächsten Zeit alles regeln würden – mit dem Essen und dem Putzen und so –, und über Mama natürlich.

»Louise«, sagte Papa eines Abends Mitte Januar. »Mama geht es gar nicht gut, das weißt du ja. Heute habe ich mit dem Arzt gesprochen. Wir können jetzt nicht mehr viel tun außer warten.«

»Das machen wir doch schon die ganze Zeit.«

»Ja, schon«, sagte Papa. »Sicher. Aber jetzt ...« Er schwieg, und dann zuckte er mit den Schultern und seufzte. Schließlich nahm er meine Hand. Eine Weile beguckte er unsere beiden Hände, so, als würde er nach etwas suchen, nach einem Muttermal oder so, dann räusperte er sich und sah mich wieder direkt an.

»Sicher warten wir die ganze Zeit. Wir haben die ganze Zeit darauf gewartet, dass Mama wieder gesund wird. Aber jetzt ...«

Papa hörte zum zweiten Mal auf zu reden. Er schluckte und sein Kehlkopf hüpfte dabei auf und ab. Ich hatte richtig Angst, dass er gleich anfangen würde zu weinen. Ich glaube, ich hätte gar nicht gewusst, was ich machen sollte. Mama hatte ich öfters mal weinen sehen, auch früher schon, bevor sie krank geworden war. Aber Papa eben nicht.

Ich hatte ihn, wenn ich richtig darüber nachdachte, nur einmal weinen gehört, damals, kurz bevor wir alle zusammen in den Ferien zu Oma und Opa gefahren waren. Und einmal hatte ich ihn weinen gesehen, damals, als Janni mit ihm im Wohnzimmer geredet hatte. Aber sonst noch nie. Und ich glaube, wenn man das von jemandem nicht gewohnt ist, dass er weint, dann weiß man eben

nicht, wie man sich da verhalten soll. Besonders, wenn einem selber zum Heulen zumute ist.
Aber Papa fing nicht an zu weinen. Er schluckte noch einmal und sagte: »Es müsste schon ein Wunder geschehen, wenn es Mama wieder besser gehen sollte. Und Wunder sind selten, weißt du.«
Ich nickte. »Und wenn kein Wunder geschieht, dann wird Mama sterben, nicht wahr?«
»Ja«, sagte Papa. »Das wird sie dann wohl.«
Ich weiß gar nicht, wo sie auf einmal herkamen, aber auf einmal kullerten mir zwei dicke Tränen rechts und links die Wangen hinunter. Und dann musste ich unheimlich weinen, obwohl ich das eigentlich gar nicht wollte. Aber irgendwie tat es gut, denn Papa hielt mich dabei im Arm.
Papa selber hat später übrigens auch geweint, aber das habe ich nur durch einen Zufall mitbekommen. Wahrscheinlich war Papa viel trauriger, als er vor Ruben und mir zugeben wollte. Einmal, da war Mama ungefähr seit einem Monat wieder im Krankenhaus, wachte ich mitten in der Nacht auf und schlich mich in die Küche hinunter, um mir ein Glas Milch zu holen. Auf dem Rückweg warf ich einen Blick ins Wohnzimmer, und da sah ich Papa und Nadja auf dem Sofa sitzen. Papa lehnte mit dem Gesicht an Nadjas Schulter und weinte leise, und Nadja hatte ihre Arme um ihn gelegt und wiegte ihn hin und her. So, wie Mama Ruben und mich immer gewiegt hat, wenn wir traurig waren.
Ich war ziemlich verblüfft, als ich die beiden da so sitzen sah. Deshalb ging ich einfach weiter leise nach oben, aber als ich dann im Bett lag, konnte ich nicht wieder einschlafen. Ich hatte ein ganz komisches Gefühl, so, als

hätte Papa Mama irgendwie verraten. Und sosehr ich mich auch bemühte, es ging nicht richtig weg, dieses komische Gefühl.

Es ging erst dann wieder weg, als ich Papa später ein zweites Mal an Nadjas Schulter weinen sah. Das war am Tag, nachdem Mama gestorben war. Und da fand ich dann auch nicht mehr, dass Papa Mama verriet, wenn er sich von Nadja trösten ließ. Im Gegenteil, auf einmal konnte ich ihn gut verstehen. Irgendeine Schulter brauchte er ja auch, an der er sich ausweinen konnte. Wenigstens für ein paar Minuten, nicht wahr? Oma und Opa waren nicht da, Janni war selber viel zu traurig und Ruben und ich waren Papa bestimmt keine Hilfe. Also blieb praktisch nur Nadja, und das war auch gut so, denn Nadja war schließlich Mamas Freundin.

Mein komisches Gefühl war jedenfalls danach wie weggeblasen. Wahrscheinlich hatte ich es sowieso nur gehabt, weil es beim ersten Mal so verstohlen gewirkt hatte, wie ein Geheimnis, das Papa und Nadja vor Ruben und mir hatten. Dabei konnten sie ja nichts dafür, dass ich zufällig vorbeigekommen war. Und eigentlich konnte ich froh darüber sein. Denn wie gesagt – ich hätte gar nicht gewusst, was ich hätte machen sollen, wenn Papa vor mir geweint hätte.

Heute, im Nachhinein, kommt es mir so vor, als wäre das dann alles ganz schnell gegangen. Aber so war das gar nicht. Mama lag noch fast zwei Monate im Krankenhaus, bevor sie gestorben ist. Und die ganze Zeit über ging es ihr langsam immer schlechter. So langsam, dass wir das manchmal gar nicht so richtig merkten. Es war ein bisschen so, als ob Mama einfach immer weniger wurde.

Wenn man jemanden jeden Tag sieht, dann fällt einem gar nicht so unbedingt auf, wenn er immer dünner und schwächer wird. So war das mit Mama. Jeden Tag nach der Schule ging ich sie besuchen. Dann saß ich auf ihrer Bettkante und wir erzählten uns was. Manchmal schlief Mama auch, wenn ich kam, und dann las ich in einem von meinen Büchern, bis sie aufwachte. Und sie wachte spätestens dann auf, wenn Papa gegen vier Uhr vorbeikam.

Meistens brachte Papa Ruben mit, aber nicht jeden Tag und mit der Zeit immer seltener. Ruben fand es nämlich ziemlich langweilig im Krankenhaus. Nach zehn Minuten fing er regelmäßig an zu quengeln und zu jammern, und wenn er auf den Flur rausging, um dort ein bisschen zu spielen, machte er einen solchen Krach, dass die Krankenschwestern sich beschwerten. Deshalb blieb Ruben immer öfter zu Hause, wo dann Nadja oder Janni auf ihn aufpassten. Und Anfang Februar, kurz bevor Mama dann starb, kamen ja auch Oma und Opa wieder auf Besuch. Ruben war also nie allein.

Aber was mich anging, so hätten zu Hause auch fünfzig Popstars auf mich warten können – nichts und niemand hätte mich von Mamas Bett weggekriegt. Ich mochte gerne bei Mama sitzen. Auch wenn sie schlief. Dann fühlte ich mich immer richtig geborgen. Immer wenn ich von meinem Buch hochguckte, war Mama da, lag neben mir und schlief. Manchmal schlug sie die Augen auf, guckte mich an und flüsterte: »Louise! Meine Kleine. Schön, dass du da bist.« Und dann schlief sie wieder ein.

Es kam auch vor, dass ich komplett vergaß zu lesen. Stattdessen guckte ich Mama ganz lange an. Sie sah auch sehr friedlich aus, wenn sie schlief. So, als hätte sie gar kei-

ne Schmerzen, als würde sie sich einfach nur ausruhen. Irgendwann würde sie aufwachen und aufstehen und sagen: »Komm, Louise, wir gehen! Jetzt reicht's aber!« Und dann würden wir einfach nach Hause gehen.
Solche Sachen habe ich mir ganz oft ausgedacht, wenn ich Mama beim Schlafen zusah. Und das kam immer öfter vor. Denn je länger Mama im Krankenhaus lag, desto mehr schien sie zu schlafen. Zu Anfang, in den ersten Wochen, hatten wir sogar ab und zu etwas gespielt, Karten zum Beispiel oder Schiffe versenken. Aber nach und nach war Mama zu müde dafür geworden. Und zu schwach.
Janni sagte, das käme von den Medikamenten. »Die machen zwar, dass sie weniger Schmerzen hat. Aber sie wird eben auch müde davon. Und das ist ja auch gut so, wenn sie viel schläft«, erklärte er mir. Noch ein paar Monate früher hätte Janni bestimmt hinzugefügt, dass Schlaf ohnehin die beste Medizin sei. Aber jetzt sagte er das nicht mehr. Er beugte sich bloß zu Mama herunter und strich ihr sanft über die Stirn, und dann küsste er sie vorsichtig auf die Wange. Mama lächelte im Schlaf und Janni sah sie ganz zärtlich an.
Janni war fast genauso oft bei Mama wie ich in diesen letzten Wochen, die sie im Krankenhaus war. Er kam auch oft bei uns zu Hause vorbei und kümmerte sich um Ruben und mich. Auch, als Oma und Opa schon da waren. Und Janni trat für mich ein, als Oma sagte, es sei doch gewiss besser für mich, wenn ich nicht so oft ins Krankenhaus ginge.
»Das ist eine zu große Belastung für das Kind. Und Marie braucht ihre Ruhe«, sagte Oma, und Opa nickte dazu. Aber Janni schüttelte energisch den Kopf.
»Ich denke, Louise macht das schon richtig. Und Marie

freut sich mit Sicherheit. Also, wenn ich schwer krank wäre, ich würde mich freuen, wenn Louise mich jeden Tag besuchte. Wenn ich schon nicht zu Hause sein könnte.«

Janni biss sich auf die Lippen, als hätte er etwas Falsches gesagt, und Oma und Opa sahen ganz betreten drein.

»Ja, aber warum holen wir Mama denn nicht nach Hause?«, fragte ich.

Janni sah zur Seite und Oma antwortete mir. »Wir können ihr hier nicht gut genug helfen, wenn sie Schmerzen hat, Louise.«

Oma hatte nicht gelogen, als sie das sagte. Aber ich glaube trotzdem, dass Mama ein bisschen auch wegen Ruben und mir im Krankenhaus blieb. Damit Ruben und ich nicht mitkriegen sollten, wie schlimm es wirklich um sie stand.

Aber ich kriegte es natürlich doch mit. Mama hustete zwar nicht mehr so viel, aber dafür atmete sie immer schwerer. Manchmal schickten mich die Krankenschwestern raus, und dann hörte ich von draußen ein seltsames Geräusch, so ein Rasseln und Rauschen, bei dem ich immer eine Gänsehaut bekam. Und wenn ich dann wieder hineindurfte, sah Mama ganz mitgenommen aus. Obwohl sie dann jedes Mal besser atmen konnte.

»Sie saugen den Schleim aus meiner Lunge ab«, erklärte sie mir.

»Kann ich mal zugucken?«

Aber das wollte sie nicht. Sie wollte auch nicht, dass ich bei den anderen Sachen zusah, die die Schwestern oder die Ärzte mit ihr machten. Und ich glaube, das war auch ein Grund, warum wir Mama nicht nach Hause holten: Ruben und ich sollten einige Sachen einfach nicht sehen.

Irgendwann in diesen letzten Wochen habe ich aufgehört, Mama zu fragen, ob es ihr besser ginge und ob sie wohl wieder gesund werden würde. Genauer gesagt, schon seit Weihnachten habe ich sie das nicht mehr gefragt. Ich habe auch gar nicht mehr daran gedacht. Ich glaube, ich wusste einfach Bescheid. Mama hätte es mir gar nicht mehr sagen brauchen.

Aber ich bin heilfroh, dass sie es mir dann doch noch gesagt hat. Dass es an der Zeit ist, sich zu verabschieden.

Ich war schon seit ungefähr einer Stunde bei Mama und hatte in meinem Buch gelesen, und die ganze Zeit über hatte Mama geschlafen. Und ich war gerade bei einer ganz spannenden Stelle angelangt, als ich plötzlich Mamas Stimme hörte.

»Louise«, flüsterte sie.

Ich guckte hoch. Mama hatte die Augen geöffnet und sah mich an, und ich klappte schnell mein Buch zu und rutschte näher zu ihr heran.

Mama streckte ihre Hand aus und fasste nach meiner. Ihre Hand war ganz heiß und trocken. Mama hatte eigentlich immer warme Hände gehabt, aber diesmal waren sie richtig heiß.

»Es ist Zeit«, sagte Mama leise. Ich dachte, sie wolle, dass ich nach Hause ginge, und deshalb schüttelte ich schon den Kopf und machte den Mund auf, um zu widersprechen.

Aber da lächelte Mama und sagte: »Doch, meine Kleine. Es ist Zeit für uns, Abschied zu nehmen. Aber das weißt du ja eigentlich schon, nicht wahr?«

Ich konnte überhaupt nichts sagen. Ich konnte nur dasitzen und Mama ansehen. Und sie guckte mich an. Aber sie sah gar nicht traurig dabei aus oder ängstlich. Sie guckte

mich einfach nur liebevoll an und ihre Augen waren ein kleines bisschen glasig dabei.
»Das weißt du ja schon, nicht wahr?«, fragte sie noch mal, ganz leise. Ich wollte erst nicht, aber dann nickte ich doch.
»Ja«, flüsterte ich. Und das Merkwürdige daran war, dass ich mich irgendwie auch gar nicht traurig oder ängstlich fühlte, während ich das sagte. Ich hatte eher ein ganz ruhiges Gefühl. Ruhig und sogar ein bisschen friedlich.
Mama machte die Augen zu und gleich darauf wieder auf, und jetzt waren sie klar und glänzten.
»Denk daran, du bist nicht allein«, flüsterte sie. »Ich bin immer noch da, auch wenn du mich nicht mehr sehen kannst. Solange du an mich denkst, werde ich da sein. In deinem Herzen und in deinen Gedanken. Und am Himmel über dir leuchten.«
Mama lächelte wieder, und dann drückte sie meine Hand ein wenig fester und schloss die Augen.
Ich dachte schon, sie wäre eingeschlafen, aber kurz darauf öffnete sie ihre Augen noch einmal. »Geh nie, ohne dich zu verabschieden, hörst du, Louise?«
»Nee«, sagte ich. »Mach ich nicht.«
Mama lächelte zufrieden und machte die Augen wieder zu, und dann schlief sie wirklich ein.
Kurz darauf kam Janni, um mich abzuholen. Wir saßen beide ein paar Minuten da und sahen auf Mama hinunter, ohne zu reden, und dann ging Janni leise zur Tür. Ich beugte mich noch einmal zu Mama und küsste sie ganz vorsichtig auf die Wange.
»Tschüs, Mama, ich geh jetzt«, flüsterte ich.
Ich weiß nicht, ob Mama mich gehört hat. Sie lag einfach da, mit einem leichten Lächeln um die Mundwinkel

herum, und schlief. Und als ich mich an der Tür noch einmal umdrehte und einen letzten Blick auf sie warf, lag sie immer noch so da, und hinter ihr schien die Februarsonne ins Zimmer.
Ich habe Mama danach nicht mehr gesehen. Papa sagte, Mama bräuchte jetzt wirklich ihre Ruhe, und ich sollte einfach ganz doll an sie denken und ihr alles Gute wünschen. Das habe ich auch gemacht.
Drei Tage später ist Mama dann gestorben. Papa war bei ihr und er sagt, dass sie friedlich gestorben sei, im Schlaf. Und wenn ich die Augen schließe, stelle ich mir vor, dass Mama so gestorben ist, wie ich sie zuletzt gesehen habe. Ganz friedlich, mit einem Lächeln um die Mundwinkel, und hinter ihr scheint die Sonne ins Zimmer.
Und, das kann man komisch finden oder auch nicht – für mich ist das eine ganz schöne Vorstellung.

Mama ist morgens um zwanzig vor vier gestorben. Der Tag, an dem sie gestorben ist, war ein Samstag, und deshalb hatte ich schulfrei. Aber obwohl ich sonst ausschlafe, wenn ich schon mal nicht zur Schule muss, wachte ich an diesem Tag ziemlich früh auf. Vielleicht hatte ich ja irgendetwas gespürt, ich weiß auch nicht – jedenfalls schlich ich mich gegen halb sieben so leise wie möglich die Treppe runter.
Normalerweise war Oma um diese Zeit schon auf und machte das Frühstück, während der Rest der Familie noch im Bett lag. Aber an diesem Morgen war Oma nicht allein in der Küche.
Papa und Janni saßen schweigend am Tisch, und als ich ihre kummervollen Gesichter sah, wusste ich sofort, was los war.

Alle beide hatten eine dampfende Tasse Kaffee vor sich stehen, und Oma stand an der Spüle und schrubbte wie wild an einem Frühstücksbrettchen herum.
Ich glaube, keiner von ihnen hatte mich die Treppe runterkommen gehört, denn als ich »Guten Morgen« sagte, zuckten sie alle drei zusammen.
»Morgen, Louise«, murmelte Papa.
»Morgen, Schätzchen«, sagte Oma.
»Hallo, Prinzessin«, kam es leise von Janni.
Und dann sagte keiner mehr einen Ton. Oma schrubbte weiter wie wild am Frühstücksbrettchen herum, Papa betrachtete angestrengt seine Kaffeetasse und Janni malte mit einem Finger Kreise auf die Tischdecke.
Ich stand da, und nach einer Weile fand ich, dass es jetzt reichte mit dem Schweigen. Ich holte tief Luft und gab mir einen Ruck.
»Ist Mama tot?«
Papa sah hoch, schluckte und sagte: »Ja. Mama ist vorhin gestorben, ganz ruhig, im Schlaf. Sie ist einfach eingeschlafen.«
Eigentlich komisch, aber als Papa das sagte, da konnte ich gar nicht weinen. Ich konnte einfach nicht. Ich wollte auch nicht, dass Papa mich in den Arm nahm. Oder Oma oder Janni, obwohl alle drei so aussahen, als wollten sie genau das gleich im nächsten Moment tun.
Ich habe mich einfach umgedreht und bin wieder nach oben gegangen, zu Ruben ins Zimmer. So ein bisschen wie ein Roboter habe ich mich gefühlt, als ich die Treppe raufgegangen bin. Meine Füße waren irgendwie ganz schwer, und überhaupt habe ich mich ganz schwer gefühlt, so als wäre ich aus Eisen. Na ja, Roboter sind ja auch aus Eisen, nicht wahr?

Ruben hat noch geschlafen und ich habe mich vorsichtig auf seine Bettkante gesetzt. Aber im nächsten Moment hat Ruben sich gestreckt und langsam die Augen aufgemacht, so als hätte er gemerkt, dass er jetzt mal aufwachen sollte, weil ich ihm etwas sagen musste. Eigentlich ist es nämlich ganz schön schwierig, Ruben wach zu kriegen. Aber an diesem Samstagmorgen war es überhaupt nicht schwierig.
Ruben guckte mich verschlafen an und dann hob er seine Decke ein bisschen an und ich bin druntergeschlüpft. Ich hab ihn fest in die Arme genommen und in sein Ohr geflüstert: »Mama ist jetzt ein Stern.«
Ruben hat vorsichtig gelächelt und dann musste er ein bisschen weinen, aber nur ein bisschen. Er war ganz schnell wieder ruhig. Papa hatte zwei Tage vorher zu ihm gesagt, dass Mama wahrscheinlich nicht mehr nach Hause kommen würde. Obwohl Ruben das auch von selber gewusst hat, glaube ich. Zum Schluss haben wir es wohl alle von selber gewusst, dass Mama bald sterben würde. Ich glaube, wir haben es am Ende einfach alle gespürt.
Jedenfalls hat Ruben nur ein bisschen geweint. Aber ich, ich konnte immer noch nicht weinen. Ich habe erst geweint, als ich nachmittags mit Janni in der Kirche saß.

Mama und Papa sind nie in die Kirche gegangen und Ruben und ich deswegen auch nicht. Mama hat immer gesagt, sie glaubt zwar an Gott, aber nicht an die Kirche, und Papa will von dem Ganzen nichts wissen.
Also war ich so gut wie noch nie in einer Kirche, nur das ein oder andere Mal mit der Schule, auf Ausflügen, und einmal mit Jessica, einem Mädchen aus meiner Klasse.

Deren Eltern sind streng katholisch und Jessica muss jeden Sonntag mit in die Messe.
Sie hat immer so lustige Sachen davon erzählt, da wollte ich mir das einfach mal angucken. Aber es hat mir nicht sonderlich gut gefallen. Ehrlich gesagt, ich habe eher ein bisschen Angst gekriegt, als der Pfarrer und die Messdiener so wild mit dem Weihrauch herumschwenkten und alle Leute immer aufstanden und sich wieder hinsetzten und ich nie wusste, was jetzt wohl als Nächstes kommen würde.
Janni geht auch nie in die Kirche. Aber an diesem Samstag, als Mama gestorben war, da sind wir beide in eine Kirche gegangen.
Papa hatte Janni gebeten, mit mir ein bisschen rauszugehen, weil der Beerdigungsunternehmer kommen würde und Papa Ruben und mich nicht dabeihaben wollte. Oma und Opa sind mit Ruben in den Zoo gefahren, aber da wollte ich nicht mit. Ich wollte lieber mit Janni zusammen sein.
Also sind Janni und ich ein bisschen mit seinem Auto in der Stadt rumgefahren und haben unterwegs eine Cola getrunken. Und dann hat Janni plötzlich vor der Paulikirche angehalten. Die ist mitten in der Stadt und ziemlich groß und ich bin bestimmt schon tausendmal an ihr vorbeigegangen. Aber drin war ich bis zu jenem Samstag noch nie gewesen.
»Komm, Louise. Wir gehen mal rein«, sagte Janni und wir stiegen aus und gingen die Vortreppe hoch. Janni zog an der schweren Tür, und ich dachte schon, sie wäre abgeschlossen, aber dann ging sie doch auf.
Drinnen war es richtig kalt und dunkel. Meine Augen brauchten ein Weilchen, um sich an die Dunkelheit zu

gewöhnen. Aber so dunkel, wie ich zuerst gedacht hatte, war es dann doch nicht. Es war sogar ein richtig schönes Licht in der Kirche, wegen der großen bunten Glasfenster. Janni nahm mich an die Hand und zog mich ganz nach vorne, in die erste Bank vor dem Altar. Und da setzten wir beide uns hin.

Wir waren allein in der Kirche, und als das Geräusch unserer Schritte verklungen war, wurde es ganz still. Janni legte den Arm um mich, und dann saßen wir beide eine Weile einfach nur da.

Janni flüsterte: »Dies ist ein Ort der Stille. Auch wenn man nicht religiös ist – hier kann man ausruhen, Louise.«

Es stimmte genau, was er sagte. Ich saß da und spürte, wie die Gedanken in meinem Kopf, die seit dem Morgen darin hin und her gewirbelt waren, langsam zur Ruhe kamen. Immerzu hatte ich an Mama denken müssen. An das, was mit ihr geschehen war, an das, was jetzt weiter geschehen würde, mit Mama und mit Ruben, Papa und mir. Ich hatte mir lauter Fragen gestellt: Wie ging es Mama jetzt? Wenn sie wirklich im Himmel war, wie lange dauerte die Reise dorthin? Wenn Mama jetzt ein Stern war, wie weit war sie dann jetzt weg? Und konnten Sterne traurig sein? Oder froh und zufrieden?

So viele Fragen, und ich hatte auf keine eine Antwort. Aber als ich mit Janni so dasaß, da verschwanden all diese Fragen allmählich. Langsam wurde ich ganz ruhig. Und unheimlich traurig. Auf einmal hatte ich einen dicken Kloß im Hals, und als Janni seinen Arm fester um mich legte, fing ich an zu weinen.

»Kummer gehört dazu, Prinzessin«, flüsterte Janni. Seine Stimme klang irgendwie komisch, und als ich ihn

ansah, entdeckte ich, dass er auch ganz gerötete Augen hatte.
»Und weinen, gehört das auch dazu?«, fragte ich, obwohl das ja eigentlich eine ganz schön blöde Frage war.
»Klar«, sagte Janni und schniefte. »Weinen auch.« Und dann musste er ein bisschen lächeln, und da hatte ich dann irgendwie das Gefühl, dass das alles schon in Ordnung war, so wie es war. Und ich glaube, wenn Mama uns in dem Moment gesehen hätte, Janni und mich, wie wir da saßen, ganz verheult und mit roten Nasen, dann hätte sie bestimmt gelacht. Aber vielleicht hat sie uns ja auch gesehen. Kann doch sein, oder nicht?

Gestern Abend vorm Schlafengehen war ich noch einmal kurz im Garten und habe in den Himmel gesehen. Und da, gerade als ich hochsah, da ist eine Sternschnuppe heruntergefallen.
Für einen Augenblick habe ich mich gefragt, ob das vielleicht Mama gewesen sein könnte.
Aber das glaube ich nicht. Ich glaube, Mama ist noch da oben am Himmel und leuchtet auf uns herunter. Und so weit weg sind die Sterne ja eigentlich gar nicht, nicht wahr?
Und Sternschnuppe hin oder her – Mama ist immer noch bei mir. Und ich glaube, nein, das weiß ich bestimmt: Das wird immer so sein. Denn solange ich an sie denke, ist Mama in meinem Herzen und in meinen Gedanken. Und auch wenn ich irgendwann mal erwachsen bin und durch die halbe Welt gereist bin oder auch nicht – Mama bleibt für immer in meinem Herzen. Und das finde ich ganz schön beruhigend.
Mit diesem Gedanken bin ich eingeschlafen, und als ich

heute Morgen aufgewacht bin, hab ich als Erstes wie üblich auf den Kalender neben meinem Bett geguckt. Nur noch vier Tage, dann habe ich endlich Geburtstag!
Übrigens glaube ich wirklich, dass Janni recht hat, wenn er sagt, dass mein elfter Geburtstag ein ganz besonderer ist. Erstens, weil es mein erster Geburtstag ohne Mama ist. Und zweitens, weil ich mich tatsächlich drauf freue!
Eine Zeit lang hab ich nämlich gedacht, dass ich mich bestimmt nie wieder auf irgendwas freuen werde. Vor allem in der ersten Zeit, nachdem Mama gestorben war. Ruben, Papa, sogar Janni ging es genauso. Wir waren einfach die ganze Zeit ununterbrochen traurig.
Jetzt sind wir immer noch traurig und Mama fehlt uns schrecklich. Aber ab und zu passiert es jetzt schon mal, dass ich irgendetwas tue und merke, dass ich gerade ein paar Minuten gar nicht an Mama gedacht habe.
Dann erschrecke ich mich immer ein bisschen. Aber Janni sagt, das sei gut so. Dass das ganz wichtig sei. Und dass Mama sich genau das gewünscht hätte: dass ich nicht immer nur an sie denke, sondern an andere Sachen. Und Spaß habe. Hauptsache, ich vergesse sie nicht. Na, und das tue ich ja sowieso nicht!
Aber in der ersten Zeit, nachdem Mama gestorben war, da konnte ich an gar nichts anderes denken. Und außerdem konnte ich schlecht schlafen. Ruben ging es genauso. Manchmal bin ich mitten in der Nacht wieder aufgewacht, weil ich schlecht geträumt hatte, und da lag dann plötzlich Ruben neben mir und klammerte sich an mich. Und manchmal bin wiederum ich zu Ruben ins Bett gekrochen, wenn ich einfach nicht einschlafen konnte.
Aber seit Ruben und ich unsere Kuschel-T-Shirts getauscht haben, ist das besser geworden.

Mama hatte die beiden T-Shirts bis zuletzt bei sich im Krankenhaus und nach der Beerdigung hat Papa sie uns zurückgegeben. Ich hätte ja gut gefunden, wenn Mama sie bei sich behalten hätte. Aber Mama wollte eben gerne, dass wir sie zurückbekommen, als Erinnerung. Außerdem liegt Mama ja auch gar nicht in einem Sarg, wo sie die Kuschel-T-Shirts gut gebrauchen könnte, sondern sie ist verbrannt worden. Das hatte sie so gewollt.

Jedenfalls haben Ruben und ich unsere T-Shirts getauscht. Ruben hat jetzt meins und ich habe seins. Und wir beide fühlen uns immer ziemlich wohl, wenn wir so im Bett liegen, mit unseren weichen T-Shirts im Arm.

Neulich hat Papa gesagt, dass er auch gerne so ein Kuschel-T-Shirt hätte. Eigentlich könnte er sich zwar immer das von Ruben oder meins ausleihen, wenn er schlafen geht. Papa hat nämlich auf Nachtschicht umgewechselt. Er kommt morgens um sechs nach Hause, frühstückt mit Ruben und mir, und dann geht er ins Bett, nachdem er Ruben zum Kindergarten gebracht hat. Klar, Papa könnte das T-Shirt von Ruben oder meins nehmen, aber eigentlich finde ich, dass er ein eigenes haben sollte. Mal sehen, vielleicht nähe ich ihm einfach eins zusammen, aus einem T-Shirt von Ruben, einem von mir und einem von Mama. Nächste Woche, als Überraschung zu meinem eigenen Geburtstag. Ich glaube, da würde Papa sich echt drüber freuen!

Ja, eine Zeit lang hätte ich wirklich nie gedacht, dass ich mich überhaupt noch mal auf irgendwas freuen würde. Aber jetzt gibt es sogar zwei Sachen, auf die ich mich freue: Das eine sind die Ferien. Dann werde ich nämlich endlich Jannis Geburtstagsgutschein vom letzten Jahr einlösen! Im Sommer geht es also nach Holland, Janni

und ich ganz allein. Obwohl ich nichts dagegen hätte, wenn Manuel mitkommt. Aber das soll Janni entscheiden.
Und das andere, auf das ich mich freue, das ist mein Geburtstag. Auf den freue ich mich sogar fast noch ein bisschen mehr als auf die Ferien. Papa hat nämlich versprochen, den Grill aufzubauen. »Egal, ob es regnet oder schneit«, hat er gesagt. Na ja, schneien wird es wohl kaum im Mai, aber dass es regnet, das kann schon mal passieren. Aber versprochen ist versprochen, gegrillt wird also auf jeden Fall.
Ich wette, wenn es regnet, spannt Papa wieder die alte Zeltplane, die so eklig nach Teer riecht, vom Schuppen zum Ahornbaum. Das hat er schon ein paarmal gemacht, als Mama noch lebte. Mama hat dann zwar immer die Nase gerümpft, wegen des Gestanks, aber schön fand sie es doch.
Papa hat mir auch versprochen, dass Becky und ich mindestens bis elf aufbleiben dürfen. Ich hab übrigens nur Becky eingeladen, und Janni und Manuel und Nadja natürlich, aber die drei sind ja sowieso ziemlich oft bei uns zu Besuch. Papa wollte erst nicht, dass Becky und ich so lange aufbleiben, aber ich hab mich mächtig ins Zeug gelegt und gesagt, dass ich doch schon elf werde und deswegen bis elf aufbleiben möchte. Das fand Papa irgendwie einleuchtend, und so hat er dann schließlich Ja gesagt.
Dabei ist das gar nicht der wahre Grund, warum ich so lange aufbleiben möchte. Und warum ich unbedingt draußen feiern will. Der wahre Grund ist ein Geheimnis, und das werde ich auch schön für mich behalten, damit niemand darüber lächeln kann. Der wahre Grund

ist nämlich: Ich möchte gerne so lange aufbleiben, damit Mama auch dabei sein kann. Damit sie von oben auf uns runterleuchten kann.
Ich werde einfach dastehen und Würstchen essen und Spaß haben, und ab und zu, wenn keiner guckt, werde ich zum Himmel aufsehen und den Sternen zuzwinkern. Und wer weiß, vielleicht zwinkert ja einer zurück. Ein Stern namens Mama, kann doch sein, oder nicht?

Nützliche Anlaufstellen und Adressen

Trauergruppen und Beratungsangebote für Kinder und Jugendliche

Trauerland
Zentrum für trauernde Kinder und Jugendliche e.V.
Doventorscontrescarpe 172D
28195 Bremen
www.trauerland.org

LACRIMA
Die Trauerbegleitung der Johanniter für Kinder und Familien
Perlacher Str. 21
81539 München
bei der
JOHANNITER-UNFALL-HILFE e.V.
Regionalverband München
www.johanniter-lacrima.de

Netzwerk zum Thema Krebs – Angebote für Erkrankte und Angehörige

Deutsche Krebshilfe e.V.
Mildred Scheel Kreis e.V.
Stiftung Deutsche KinderKrebshilfe
Dr. Mildred Scheel Stiftung für Krebsforschung
Buschstr. 32
53113 Bonn
www.krebshilfe.de

Chats und Onlineangebote für Kinder und Jugendliche zum Thema Tod und Trauer

www.allesistanders.de
ein Angebot der
Hospizgruppe Freiburg e.V.
Türkenlouisstr. 22
79102 Freibug

Seminare, Kurse & Fortbildungen, aber auch Angebote für Kinder und Jugendliche

Institut für Trauerarbeit ITA e.V.
Bogenstraße 26
20144 Hamburg
www.ita-ev.de